时间的女儿

[英] 约瑟芬·铁伊 著　　　陈雅婷 译

The Daughter of Time

Josephine Tey

中国友谊出版公司

图书在版编目（CIP）数据

时间的女儿 /（英）约瑟芬·铁伊著; 陈雅婷译 .
北京：中国友谊出版公司，2024. 12. —— ISBN 978-7
-5057-6036-3

Ⅰ. I561.45

中国国家版本馆 CIP 数据核字第 2024GQ7845 号

书名	**时间的女儿**
作者	[英]约瑟芬·铁伊
译者	陈雅婷
出版	中国友谊出版公司
发行	中国友谊出版公司
经销	新华书店
印刷	天宇万达印刷有限公司
规格	880 毫米×1230 毫米　32 开
	7.5 印张　167 千字
版次	2024 年 12 月第 1 版
印次	2024 年 12 月第 1 次印刷
书号	ISBN 978-7-5057-6036-3
定价	45.00 元
地址	北京市朝阳区西坝河南里 17 号楼
邮编	100028
电话	（010）64678009

真相是时间的女儿，而非权威的女儿。

————［英］弗朗西斯·培根

约瑟芬·铁伊,原名伊丽莎白·麦金托什（1896—
1952）,是苏格兰著名推理小说作家,也是著名戏剧《波
尔多的理查》（*Richard of Bordeaux*）的创作者。约瑟芬·铁
伊是她日常使用的两个笔名之一。

约瑟芬·铁伊生于苏格兰北部城市因弗内斯,曾就读
于伯明翰一所体育学院,毕业后进入学校任教。此后,铁
伊被迫放弃固定工作回到家乡照顾残疾的父亲,从而开启
了自己的文学创作生涯。

1929 年,铁伊的处女作《排队的人》（*The Man in
the Queue*）成功出版并大受好评。主人公苏格兰场督察格
兰特首次进入读者的视野。作家本人也由此转入全职写作,
成为专职作家。1937 年,她的第二部犯罪小说《一先令蜡
烛》（*A Shilling for Candles*）问世,但她的大部分推理作

品直到二战后才得以出版。1952年，约瑟芬·铁伊逝世，将所有遗产全部捐赠给了英国国民信托基金。

此外，尼古拉·厄普森（Nicola Upson）还围绕约瑟芬·铁伊的原创戏剧《波尔多的理查》创作了一部侦探小说《谋杀专家》（*An Expert in Murder*，2008年出版）。约瑟芬·铁伊也作为主角之一在书中登场。

《时间的女儿》一书中，苏格兰场督察艾伦·格兰特（同时也出现在铁伊其他五部侦探小说里）因腿部骨折入院治疗，被迫终日卧床养伤，失去行动自由。单调的住院生活令他备感焦躁，直至一名前来探访的朋友为他带来了一幅英王理查三世的画像，令他很感兴趣。格兰特身怀一项绝技，其本人亦对此颇为自得，那就是他能够通过一个人的面相判断出他的性格。然而，理查三世的画像却给他一种和善、睿智的感觉。那么，为何所

有人都断定他是一个残忍的谋杀犯？ ①

在众多朋友的帮助下，格兰特开始调查著名的塔中王子谋杀案。他结识了一名美国学者，并在他的帮助下调查了诸多史料和历史档案。最终，他凭借自己出色的逻辑推理能力得出结论，认为针对理查三世的谋杀指控与他是驼背怪物的坊间流言一样，都是凭空捏造，是都铎王朝对舆论的蓄意操纵。

除此之外，作者还更进一步探讨了历史如何被刻意扭曲，某些缺乏根据的说法又是如何被大众信以为真并广泛接受的。书名《时间的女儿》来自弗朗西斯·培根爵士的名言："真相是时间的女儿，而非权威的女儿。"格兰特

---

① 理查三世（1452—1485），英格兰的约克王朝最后一位国王。传闻其杀害了他的侄子爱德华五世即位。英国史学界对此仍有争议，无定论说明理查三世是元凶。莎士比亚等剧作家将其刻画为"驼背的暴君"。——译者注，后文若无特殊说明，均为译者注

逐步理解各种弥天大谎如何被包装得煞有介事，此案胜者都铎家族又是如何令己方说辞占据舆论高地。作者还探讨了其他类似以讹传讹的历史事件，比如1910年的托纳潘迪暴动。在此事件中，公众普遍认为警察曾在暴动中向民众开火（但事实并非如此）。

目录

♦
♥
♣

第
一
章

　　格兰特躺在洁白的病床上,一脸嫌恶地瞪着天花板。那白花花的天花板上什么时候添了道新裂纹,他都一清二楚。他曾把它想象成地图,流连于那些河流、岛屿和大陆之上;他曾用它做"找一找"游戏,寻找其中隐藏的人脸、鸟儿和鱼儿;他也曾用它做算术题,通过那些定理、角度、三角形重温儿时的记忆。除此之外,他也实在是无事可做。其实,他早就看腻了。

　　他曾让"小矮人"帮他把床转个方向,这样他就能得到一块崭新的天花板用于探索。但"小矮人"拒绝了,辩解称这样会打破病房的"协调",而"协调"对于医院的重要性仅逊于"洁净",比"庄重"还领先了一大截。任何破坏"协调"的出格行径都是对医院的亵渎。为什么不读书?"小矮人"反问格兰特,为什么不看看朋友们不吝重金陆续给他买来的最新小说呢？

"这世上，人太多，字也太多啦。印刷机里每分钟都有上百万字涌出来，想想都可怕。"

"瞧您这九曲回肠的。""小矮人"说。

"小矮人"是这家医院的护士，名叫英厄姆。其实她身高有一米五八，身材比例也很匀称。格兰特叫她"小矮人"纯粹是为了找点儿面子，因为自己竟不得不屈从于一个"德累斯顿瓷器"的摆布。这要是在以前，他单手就能把她拎起来。当然啦，这"以前"指的是他的腿脚尚且无恙的时候。然而，被她这不许那不准地吆来喝去也就罢了，自己堂堂八尺男儿被她摆弄起来竟然轻若无物，着实叫格兰特羞愤不已。很显然，"小矮人"的字典里没有"重量"二字。甩床垫的她就跟耍转盘的杂耍艺人一样从容优雅。"小矮人"下班后，接替她看护格兰特的是"亚马逊"。这可是位胳膊壮如山毛榉的伟岸女神。她是护士达雷尔，格洛斯特郡①人，一到水仙花盛开的季节就开始思乡（"小矮人"来自利瑟姆圣安斯②，所以对她来说不存在劳什子的水仙乡愁）。她有一双柔软大手和一对柔和的牛眼，眼神里恒常充满爱怜，只不过稍微干点体力活就喘得像个破风箱。总的来说，格兰特觉得自己在她手里重似千斤，屈辱还不如在"小矮人"手里轻若无物。

格兰特之所以卧床不起，仰赖"小矮人"和"亚马逊"的看护，全因为他栽进了窨井，而这无疑是耻辱中的耻辱。和这事比起来，

---

① 格洛斯特郡：英国英格兰西南部的郡，以盛产野生水仙花而久负盛名，郡花为黄水仙。

② 利瑟姆圣安斯：位于英国兰开夏郡的一个城镇。

"亚马逊"的重似千斤和"小矮人"的轻若无物只能算小菜一碟。简直荒唐至极，可笑、荒谬、滑稽！他那时正对本尼·斯科尔穷追不舍，追着追着，忽然整个人矮了半截。好在本尼飞也似的窜过街角后，直直栽进了威廉斯警长的怀里，多少让窘迫难堪的格兰特获得了些许安慰。

本尼要"进去"三年。这对执法部门来说无疑是喜事一件。可是，本尼在监狱里好好表现可以减刑，而自己在医院里表现得再好也没法"提前出狱"。

格兰特将视线从天花板滑向一旁床头柜上堆着的那一摞精美而昂贵的书籍。"小矮人"一直热切地怂恿他翻开看看。最顶上的是拉维尼亚·菲奇[1]每年照例会出的无辜女性受难史。这次的封面是梦幻粉色，印着瓦莱塔大港[2]的风景。照这么看，这次的女主角叫瓦莱丽也好，安杰拉也罢，或者塞茜尔、德尼斯，她的丈夫肯定是海军军官没跑了。格兰特翻开扉页看了眼献词就合上了。

赛拉斯·威克利的七百页鸿篇巨制《汗水与犁沟》里到处洋溢着浓浓的乡土气息。看第一段就知道他这次依旧延续了上一本书的风格。母亲在楼上第十一次坐月子，父亲在楼下喝光第九瓶酒后人事不省，大儿子在牛棚里和官

---

[1] 拉维尼亚·菲奇(Lavinia Fitch)：作者铁伊另一部小说《一张俊美的脸》里出现的人物，是一名作家，与格兰特相识。

[2] 瓦莱塔大港：亦称瓦莱塔港、大港，是马耳他共和国首都瓦莱塔的天然海港，也是全国最大海港。

吏虚与委蛇，大女儿在干草棚里和情人厮混，其他人则全躲在谷仓里。雨水顺着茅草屋顶滴滴答答，堆肥里的大粪腾腾冒着热气。赛拉斯似乎对大粪情有独钟，从不忘写上两句。它的热气是场景里唯一"蒸蒸日上"的东西，但这也情有可原，毕竟赛拉斯要是知道一种直往下窜的新型热气，断然是会不吝笔墨，大书特书一番的。

压在赛拉斯巨著那高对比度封皮下的，则是饰有爱德华时代斜体字和巴洛克式繁复图案的优美书籍《脚铃叮当》[①]。作者鲁珀特·鲁热在书中用诙谐的口吻探讨了"恶行"话题。鲁珀特·鲁热总能在开头三页把你逗得哈哈大笑，但之后你就会发现，他从讽刺（当然并不恶毒）高手萧伯纳[②]身上偷学了通往幽默风趣的捷径——善用反讽。然后你就能提前三句话猜到他要放什么屁。

封面有一道红色弹道横穿暗绿色背景的是奥斯卡·奥克利的最新力作。讲述了一群粗汉子蹩脚又做作地搞一些美式派头，完全没能体现出经典的美式幽默和辛辣。满眼的金发女郎、械斗、极速追击，令人叹为观止的一堆垃圾。

约翰·詹姆斯·马克的《消失的开罐器》开头两页就出现了三处调查流程上的错误。格兰特花了五分钟在脑海里构思一封写给作者的信。这五分钟他过得很开心。

藏在最底下那本薄薄的蓝皮小书，格兰特已经不记得它的内容了。好像是本挺正经的书，罗列了很多数据。主角嘛，可能是采

---

① 《脚铃叮当》：出自英国民谣《骑着木马去班伯里十字街》（*Ride a cock horse to Banbury Cross*），亦称《骑着木马》。

② 萧伯纳：全名乔治·伯纳德·萧（George Bernard Shaw，1856—1950），爱尔兰剧作家，1925年获诺贝尔文学奖。萧伯纳一生写了超过60部戏剧，擅长以黑色幽默与讽刺的形式来揭露社会问题。

采蝇、热量、性行为，或者其他的什么东西。

就算在这样的书里，你也能将它下一页的内容猜得八九不离十。世界这么大，难道就没人（或者说不再有人）想着偶尔换换口味了吗？难道现在的人都喜欢套路？如今的作家顺着市场的口味写了那么多东西，而大众热议"又一本赛拉斯·威克利"或"又一本拉维尼亚·菲奇"时，就跟在说"又一块新砖头"和"又一把新梳子"没什么区别。他们从来不说某某的"又一本新书"。他们感兴趣的不是书，而是"新"，因为书里的内容他们早已心知肚明。

格兰特厌恶地从那摞五颜六色的书上挪开眼神，心里琢磨着要是世上所有的印刷机能够停工二三十年，或许不失为一件好事。文学界应该搞一个"文艺暂缓运动"，最好能有超人发射一束"暂缓光波"让全世界的印刷机齐刷刷地停下来。这样就不会有人在你卧床不起的时候送来一堆蠢话连篇的废纸，也不会有霸道婆娘天天催着你读。

开门声传来，但格兰特连一个眼神都不想给，反而把脸转过去对着墙，无声地表明自己的态度。

他听见来人一步步走到床边，立刻闭上眼睛装睡，意图避免一切可能的对话。他现在不想要格洛斯特郡的悲天悯人，也不想要兰开夏郡的麻利身手。然而在下一刻，一丝幽香若有似无地挑逗他的鼻腔，钻进他的脑海迅速弥散，令人不禁怀想格拉斯①的田野。他闻着香气，细细咂摸了

---

① 格拉斯：法国东南部普罗旺斯－阿尔卑斯－蓝色海岸大区滨海阿尔卑斯省的小镇，被誉为世界香水之都。

一番。"小矮人"身上是薰衣草爽身粉味，"亚马逊"身上则是洗衣皂和碘伏味，可如今自己闻到的却是"杏奈尔五号"①的气味。自己的熟人里只有一个人用这种香水——玛尔塔·哈拉德。

他悄悄将一只眼睛掀开一条缝，往上瞄了一眼。玛尔塔·哈拉德刚才显然弯腰查看过自己是不是睡着了，如今直起了身子，正迟疑地（如果"迟疑"这个词可以用来形容她的话）望着桌上那堆明显没被翻看过的书。她一只胳膊下夹着两本新书，另一只胳膊则搂着一大捆白色丁香花。他暗忖，她选了白色丁香，究竟是因为她觉得白丁香最适合装点冬天呢（她在剧院的化妆间里从十二月到次年三月都摆着这花），还是因为它们与她今天这身黑白色调的时髦装束相得益彰？玛尔塔戴了顶新帽子，搭配平时常戴的珍珠。珍珠曾是格兰特用来安抚她的手段。她看上去很美，像一个巴黎丽人，而且谢天谢地，没有半点医院的味道。

"我吵醒你了，艾伦？"

"没有。我本来就没睡着。"

"看来我是多此一举了。"她把带来的两本书丢在了它们备受冷落的难兄难弟旁，"希望这两本能更有趣一点吧。你就没有读过一丁点儿我们可爱的拉维尼亚？"

"我什么都读不进去。"

"身上疼？"

"疼得不得了，但不是腿上也不是背上。"

"那是哪儿？"

---

① 作者戏谑香奈儿五号而杜撰的香水名字。

"用我表妹劳拉的话说就是'针扎般的无聊'。"

"真可怜。劳拉说得太对了。"她从一个明显太大的玻璃花瓶里抽出水仙花，姿态无比优雅地丢进水槽，然后把自己带来的白丁香插了进去，"人们总以为无聊是一串长长的哈欠，但明显错了。它不起眼，但是持久又磨人。"

"不起眼的小东西，偏偏动不动就给你来那么一下，像有人拿荨麻抽你。"

"或者你可以趁机尝试点新东西？"

"充分利用闲暇时间？"

"充分提升你的小脑瓜，以及心灵和脾性。你可以挑一门哲学好好研究一下，比如瑜伽之类的。不过，一个惯爱分析的头脑可能不太擅长思考抽象问题。"

"我想过回去学学代数，毕竟在学校的时候没好好学过。但我最近盯着天花板做了太多几何题，眼下不太想碰数学。"

"那估计你也不太想碰拼图，我就不推荐了。填字游戏呢？你喜欢的话，我给你带本填字书过来。"

"饶了我吧。"

"或者你也可以自己编。我听说出题比解题有意思多了。"

"可能吧，但是字典沉得要命，而且我向来不喜欢翻工具书。"

"那象棋呢？你会不会下来着？会的话，试试破解棋局？白子先行，三步内将军之类的。"

"我对象棋唯一的兴趣停留在视觉层面。"

"视觉层面？"

"就是那些装饰性的东西，马呀兵呀之类的，觉得很优雅。"

"好吧，我还说带一套给你玩玩呢。那就不提象棋了。或者你也可以做些学术调查呀，也算数学的一种吧，为悬而未决的问题寻找答案。"

"你说悬案吗？悬案的卷宗都存在我脑子里呢。我敢说现阶段没有任何突破口，该做的都已经做过了，更何况我现在连床都下不去。"

"我不是说苏格兰场①里的那些卷宗。而是更……怎么说呢，更经典一些的案子，那些让世人困惑了几百年的事情。"

"比如？"

"比如，首饰盒里的密信。"

"天哪，又是苏格兰玛丽女王！"

"那又怎么了？"玛尔塔问。她和所有女演员一样，都隐隐憧憬玛丽·斯图亚特②。

---

① 苏格兰场：英国伦敦警察厅的代称。该名称源于1829年，因当时坐落在白厅广场4号的伦敦警察厅的后门正对着一条名为"大苏格兰场"的街道而得名。后来伦敦警察厅经过三次搬迁，现时的总部大楼位于维多利亚堤道。

② 玛丽·斯图亚特：苏格兰女王玛丽一世，亦称苏格兰女王玛丽，16世纪苏格兰君主、法国王后，信奉天主教，曾与当时信奉新教的英格兰女王伊丽莎白一世有王位继承权争端。玛丽在位期间，曾因涉嫌伙同博思韦尔伯爵谋杀玛丽的第二位丈夫达恩利公爵而爆发贵族叛乱。玛丽逃至英格兰后被伊丽莎白女王抓获并于约克接受质询，由莫里伯爵詹姆斯·斯图尔特负责指控。"首饰盒密信"即当时莫里伯爵提出的证据。莫里伯爵声称自己曾抓获博思韦尔伯爵遣往爱丁堡取信的仆人，并在其带领下发现了一个雕有"F"字样（可能代表玛丽的第一任丈夫法王弗朗索瓦二世）的银盒，并从中发现了八封信件、玛丽与博思韦尔伯爵的结婚证明和许多其他文件。据说玛丽在信中敦促博思韦尔伯爵尽快杀死达恩利公爵，但玛丽本人坚称信件是伪造的。质询最终以证据不足为由，但玛丽随后被伊丽莎白女王囚禁十八年，最终被处刑。行刑当日，玛丽脱下外衣，露出底下的深红色衬裙，表明她是一个天主教殉教者，时年四十五岁。具体可参见茨威格所著传记《断头女王》。

"我对坏女人可能还会感兴趣,但对蠢女人肯定不会。"

"蠢?"玛尔塔用她最动听的埃莱克特拉①式低沉嗓音说道。

"蠢得可以。"

"艾伦,你怎么能这么说!"

"要不是因为她脑袋上那点行头,根本不会有人理她。吸引大家的是她头上那顶帽子。"

"你的意思是,如果她戴的是顶遮阳帽,她的爱就没有那么深沉了?"

"不管戴什么帽子,她的爱从来没有深沉过。"

玛尔塔面露惊愕,仿佛有人让她演一辈子那么长的戏却只给她一小时精心打扮。

"你怎么会这么想?"

"玛丽·斯图亚特身高超过一米八,而几乎所有块头太大的女人都是性冷淡,随便问一个医生都知道。"

说到这里,他忽然想到,自己给玛尔塔当了这么多年称手的备胎,怎么从来没把她对男人出了名的清醒理智和她的身高联系起来?不过玛尔塔并没有多想,她的心思还停留在自己心爱的女王身上。

"她是个殉道者,这你总不能否认。"

"她殉什么道了?"

---

① 埃莱克特拉:又译厄勒克特拉、伊莱克特拉、埃勒克特拉,希腊神话中的一个女性人物。因母亲伙同情夫杀害丈夫,厄勒克特拉杀母为父报仇。古今众多剧作家均曾根据该神话创造诗歌、剧作。近现代亦有著名作品,如理查·施特劳斯的独幕歌剧《埃莱克特拉》。

"她的信仰。"

"她唯一殉身的只有她的风湿病。她先是不经教皇允许嫁给了达恩利，后来还和博思韦尔举行了新教婚礼。"

"待会你就该说她压根没被囚禁过了！"

"你的问题在于，你总以为她被关在城堡顶端的一个小房间里，窗户装了铁栅栏，只有一个忠诚的老仆陪她一起祈祷。可实际上，她的内廷足足有六十个人伺候她。当仆人被缩减到可怜的三十人时，她怨声载道。等到只剩两个男秘书、几个女仆、一个绣娘和一两个厨师时，她简直屈辱得要死掉了。可这一切都是伊丽莎白在掏腰包，而且一掏就是二十年。可她在这二十年里干了什么？拿着她那顶苏格兰王冠在欧洲到处兜售，妄想有人能为她打抱不平，帮她坐回先前失去的王座上，或者伊丽莎白屁股下那把也行！"

他看了看玛尔塔，发现她正面带微笑。

"现在好点了吗？"她问。

"什么好点了吗？"

"那些'针扎'。"

他笑了。

"好多了，有一会儿甚至忘了它们，也算玛丽·斯图亚特做了件好事。"

"你怎么知道那么多玛丽的事？"

"毕业那年写过一篇关于她的论文。"

"看来你不太喜欢她。"

"就我查到的那些资料而言，确实。"

"这么说，你不觉得她是个悲剧人物喽？"

"不，她非常可悲，只是不是大众普遍认为的那种可悲。她的悲剧在于，她生来是女王，却只有乡野村妇的见识。如果她是和邻街的都铎夫人较劲，那无可厚非，反而还挺有意思。她可能因此入不敷出、债台高筑，但说到底只会影响她自己。可如果这一套发生在国家层面上，那后果是灾难性的。如果你把一个人口上千万的国家当棋子，拼命跟另一个王族叫板，那你注定落得一个众叛亲离的下场。"他躺在床上想了想又说，"如果她是某所女校的校长，想必能大红大紫。"

"你太过分了！"

"我说真的。教职工也好，那些小女孩也好，肯定都会很喜欢她。而这正是我说她非常可悲的原因。"

"行了，看来'首饰盒密信'是研究不成了。让我想想还有什么……铁面人[1]？"

"我不记得那是谁了，但我对扭扭捏捏缩在面具后面的家伙没兴趣。或者说，我只有在看到一个人的脸之后，才能对他产生兴趣。"

"啊，是了。我倒忘了你极其热衷于看面相。波吉亚家族[2]的人都长得不错。你要是去深挖一下，说不定能挖

---

① 铁面人：法国国王路易十四当政期间的神秘囚犯，曾先后被关押于多个监狱。此人的脸一直戴着一个由绒布制成的黑色面具，没有人见过他的面容，因此他的真实身份曾受到许多著名学者的探讨和研究，并成为许多书籍的题材。

② 波吉亚家族：欧洲中世纪的贵族家族，发迹于西班牙的巴伦西亚，在意大利文艺复兴时期开始显赫。

出一两个谜团来解闷。对了，还有珀金·沃贝克^①，冒名顶替的故事总是很迷人。他到底是本人还是冒牌货？绝妙的博弈。天平永远不会一边倒，这边按下去，那边又翘起来，跟不倒翁似的。"

此时，开门声传来，打开的门缝里露出廷克太太^②那张朴实的脸。她戴着一顶比本人更加朴实、更有年代感的帽子。自打她开始给格兰特帮忙后一直戴这顶帽子，以至于格兰特想象不出她戴其他帽子的样子。但他知道她至少还有一顶帽子，是用来搭配她的"忧郁蓝"的。她本人很少"忧郁"，也不怎么穿那身"蓝"，并且它们俩绝对不会出现在滕比苑19号。她只在庄重场合穿"忧郁蓝"，并且穿不穿它也成了她对整个活动的评价标准。（"你觉得上次那个活动怎么样？开心吗？""不值得我穿上我心爱的'忧郁蓝'。"）她曾穿着它前去观摩伊丽莎白公主的婚礼和其他皇室活动，并且成功在肯特公爵夫人剪彩的新闻片里短暂出镜了两秒钟。但这对格兰特来说只是"报告"，是通过值不值得她穿上这件"忧郁蓝"来评价某个场合的社交价值。

"我听见里头有声响，就猜到你有客人。"廷克太太说，"原本都准备回去了，一抬脚反应过来，这声音耳熟哇！我就想，哦，是哈拉德小姐。那就不妨事了，我就进来了。"

她手里提着好几个纸袋，还捧着一小束满满当当的银莲花。她原来在剧院给演员帮忙穿过衣服，所以对当红花旦们没有过分崇拜。她用女子之间的礼节向玛尔塔问好，顺势瞥了一眼那束在玛尔

---

① 珀金·沃贝克（Perkin Warbeck）：亨利七世和亨利八世年间在约克党人的支持下冒充爱德华四世的小儿子约克公爵——什鲁斯伯里的理查，并据此要求继承英格兰王位。后被俘并囚于伦敦塔，1499年在一次越狱失败后遭到处决。

② 廷克太太：主人公艾伦·格兰特家里的清洁工太太。

塔的侍弄下优美绽放的丁香花。玛尔塔没注意到廷克太太的眼神，但看见了她手上的银莲花，于是跟事先排练过似的接过了话头：

"我花光了微薄的薪水给你买白丁香，谁知却被廷克太太的'原野里的百合花'①比了下去。"

"百合花？"廷克太太疑惑地问。

"它不劳苦，也不纺线，却是所罗门极荣华时的穿戴也比不过的。"

廷克太太虽然只在婚礼和洗礼时才去教堂，但她们那代人小时候都上过主日学，所以多少懂一些《圣经》。她饶有兴趣地看了看躺在自己羊毛手套里的那一小撮"荣华"。

"原来说的是它呀，我都不知道。今天算是长见识了。确实，这样更说得通。我以前一直以为那花是马蹄莲。大片大片的马蹄莲。它们贵是贵得离谱，就是有点儿压抑。这么说，'原野里的百合花'其实是五颜六色的，他们就不能直说吗？而且干吗叫它'百合花'？"

接着，她们聊起了翻译，聊起《圣经》的表述多么有歧义（"我以前一直不明白'水面上的面包'②是什么。"廷克太太说）。如此这般，先前那点尴尬气氛豁然消散。

正当她们热火朝天地讨论《圣经》时，"小矮人"拿

---

① 原野里的百合花：出自《圣经》。
② 水面上的面包：出自《圣经》。原文此处其实是"cast your bread on the waters"，意为"将你的粮食撒在水面"。但由于廷克太太断错了句，将其理解成了"将水面上的面包撒出"。

着几个花瓶走了进来。格兰特注意到，那些花瓶是用来装白丁香而不是银莲花的。这是"小矮人"在讨好玛尔塔，暗示了她进一步交流的意愿。可惜玛尔塔从不在女人身上花心思，除非能立即从她们身上得到些好处。她对"小矮人"的"搭理"只是一种"八面玲珑"，一种条件反射。于是，"小矮人"不再具有社交价值，彻底沦为对话工具。她捡起被玛尔塔丢进洗脸盆的水仙花，恭顺地放回花瓶里。她那恭顺的姿态可谓格兰特这段时间以来看见的最为赏心悦目的风景了。

"好了，"玛尔塔摆弄好插进新花瓶的丁香花，拿到格兰特抬眼就能看见的位置，然后说道，"我就不打扰廷克太太给你投喂那些纸袋里的美食了。廷克太太，我记得您烤的坚果小圆饼很好吃，这次肯定带了吧？"

廷克太太的眼睛一下子亮了起来。

"要不要来两个？刚出炉的。"

"您那些香酥小饼对一个女演员的腰身来说太罪恶啦，我吃了准得后悔。不过我还是拿两个装包里吧，待会儿到了剧院当茶点吃。"

说着，她煞有介事地挑了两个小圆饼（"我喜欢边缘有点儿焦的"）丢进手袋里，转头对格兰特说："再见，艾伦。我过两天再来看你，到时候教你织袜子。听我的，针线活最能抚慰人心。对吧，护士小姐？"

"哎，对，对，可不是嘛！我有很多男病人都喜欢织东西。他们都说做点针线活，时间快如梭呢！"

玛尔塔在门口向他抛了一个飞吻，然后抬脚离开。"小矮人"

恭恭敬敬地跟了上去。

"指望那婆娘学点好，还不如指望太阳打西边出来。"廷克太太边打开纸袋边说。她指的不是玛尔塔。

第二章

两天后玛尔塔再来时，并没有带着织针和毛线。午饭刚过，她就像一阵清风吹进病房，头上戴着一顶哥萨克帽。那帽子看似随意往头上斜斜一搭，但格兰特敢保证，她出门前肯定对着镜子摆弄了好几分钟。

"亲爱的，我赶着去剧院呢，待不久。今天是日间场，唉，真愁人。对着一堆茶盘和一群白痴搔首弄姿。我们这些演员都已经到了一个可怕的阶段，只管麻木地念台词，什么滋味都嚼不出来了。我猜这出戏怕是要演一辈子，八成会和纽约那些经典剧目一样一演就是几十年。太吓人了。人的心思压根没法一直停在同一件事上。昨晚第二幕演到一半，杰弗里就不行了，眼珠子都差点儿瞪出来，搞得我以为他中风了。后来他跟我说，他完全不记得上台后发生了什么，直到回神。"

"你的意思是，他晕过去了？"

"没有。唉，不是，他只是成了一台机器，嘴巴念着台词，身体做着动作，脑子却神游去了天外。"

"真要是那样，对演员来说也不稀奇呀。"

"一般情况下确实不稀奇。毕竟约翰尼·加森①伏在别人膝盖上哭得死去活来的时候，还能告诉你房里有多少张纸呢。但这和演到一半突然'断片'毕竟是两码事。你知道吗？杰弗里把儿子赶出了家门，和情人吵架，还骂他老婆和他的好哥们上床，可他自己竟然毫无印象。"

"那他对什么有印象？"

"他说他决定把公园径②的公寓租给多莉·达克尔，然后买下查理二世在里士满的旧居。那房子是拉蒂默家的，但是他很快要去当总督，所以想出手。杰弗里本来有点儿犹豫，因为那房子没有浴室，但他后来觉得把楼上那个贴着 18 世纪中国墙纸的小房间改一改就能用。他们可以把那些漂亮的墙纸揭下来贴到一楼后面那个单调的小房间里去，正好那房里全是维多利亚风格的镶板。他还琢磨了一下房子的排水问题，盘算着自己的钱够不够把旧瓷砖都拆下来换掉。他还畅想了一下厨房的炉灶该弄成什么样。他刚决定把大门口的灌木丛铲掉就回过了神，发现自己跟我面对面站在舞台上，当着九百八十七个观众的面正在慷慨

---

① 约翰尼·加森：故事原型应该是美国著名主持人约翰尼·卡森。
② 公园径（Park Lane）：位于英国伦敦中部威斯敏斯特市的一条南北走向主干道，沿着海德公园的东部边界，全长约 1.2 公里。著名的演说者之角便位于此。

陈词呢。他不把眼珠子瞪出来才怪，是不是？我发现你到底还是看了我带给你的书，至少翻了一本，是不是？我看见那张皱巴巴的书皮了。"

"是啊。我看了那本讲高山的，简直是天赐的东西。我躺在床上看了几个小时的照片。想摆正心态，正确地看待万事万物，欣赏山峰是最快的了。"

"我倒觉得看星星更好。"

"不，不。星星只会让人退化成阿米巴原虫，榨干人身上最后一点骄傲和自信。但雪山不一样，它是很好的标尺，让人类能以人类的姿态瞻仰。我躺在床上，望着珠穆朗玛峰，心里直感谢上天没让我去攀爬那些山坡。相比之下，医院的病床是个温暖、放松又安全的避风港，而'小矮人'和'亚马逊'则是人类文明的两项最高成就。"

"那正好，我又带了些图片给你瞧。"

玛尔塔把带来的大信封翻了个底朝天。纸片从里头哗啦啦落下，撒在格兰特胸前。

"这些是什么？"

"脸。"玛尔塔兴致颇好地说，"我给你带了几十张脸来。男人的、女人的、孩子的，各式各样、有大有小。"

格兰特从胸前捡起一张瞧了瞧。图片上印着一幅 15 世纪的人像雕刻，一个女人。

"这人是谁？"

"卢克雷齐娅·波吉亚①。是不是很可爱？"

"可能吧。可是她身上有什么谜团吗？"

"有呀。世上没人知道她到底是被她哥哥利用，还是原本就是帮凶。"

格兰特丢开卢克雷齐娅，拾起另一张图片。这是一个小男孩的肖像，穿着18世纪晚期服饰，下面用大写字体印着几个小字：路易十七②。

"这个谜团可就美妙了。"玛尔塔说，"这位王太子，他究竟是逃出生天，还是命丧监牢？"

"你从哪里搞到这些的？"

"我把詹姆斯从维多利亚和阿尔伯特博物馆的舒服小窝里揪出来，让他领我去了家印刷店。我知道他懂行，而且他在博物馆里肯定也无聊得紧。"

一个公务员，就因为他恰巧又是剧作家和肖像画专家，就理当心甘情愿地放下手头的工作，陪着她去印刷店里帮她捣鼓画像，哄她开心。这种想法实在太有玛尔塔的

---

① 卢克雷齐娅·波吉亚（Lucrezia Borgia，1480—1519）：意大利文艺复兴时期贵族女性，罗马教宗亚历山大六世的私生女，一生被父兄用作政治工具。卢克雷齐娅以美貌著称，但由于波吉亚家族的奢靡与堕落以及她本人的婚姻纠纷，坊间出现了关于她的大量谣言，指控她与父兄乱伦，参与各种毒杀和谋杀，贪婪淫荡，常被主流文艺作品描绘为"蛇蝎美人"。卢克雷齐娅与哥哥恺撒有乱伦传闻，有传言说恺撒杀害了卢克雷齐娅的第二任丈夫那不勒斯王子阿方索·阿拉贡。

② 路易十七（1785—1795）：法兰西国王路易十六和王后玛丽·安托瓦内特的第二个儿子，1789年成为法国王太子。法国大革命后，国王路易十六一家被囚圣殿塔。路易十六被处决后，路易十七即位，其叔父普罗旺斯伯爵摄政。1795年，路易十七于圣殿塔内病逝。此后很快就有谣言称死在监狱的男孩只是个聋哑人替身，真正的王太子已被营救出狱。之后几十年，依然陆续有人声称自己就是那位"失踪的王太子"。参见茨威格传记《断头王后》。

风格了。

格兰特翻出一张伊丽莎白时代的肖像画。那是一个身穿天鹅绒华服、颈间戴着珍珠项链的男人。他翻到背面看这人是谁，发现是莱斯特伯爵①。

"哦，原来这就是伊丽莎白的小甜心罗宾②。"他说，"我以前好像没看过他的肖像。"

玛尔塔俯视着那张刚健、性感、带些肉感的脸，说："我突然想到，历史的一大悲剧在于，最好的画师总在你过了最好的年华之后才为你画像。罗宾年轻时肯定是一个堂堂正正的男子汉。据说亨利八世③年轻的时候也很英俊，可你看看他现在怎么样？被人画到了扑克牌上。再看看如今，丁尼生④长出那一团可怕的胡子前是什么样不用我说吧？我真得走了，已经迟到了。刚才在布拉盖吃午餐的时候被好多人拉着聊天，没能及时抽身。"

"希望请你吃饭的人对你留下了好印象。"格兰特看了眼她的帽子说。

"有呀。那位女士很懂帽子，看了一眼就说：'雅克·图斯，我想是的。'"

"女的？"格兰特惊讶道。

---

① 莱斯特伯爵：罗伯特·达德利（Robert Dudley，1532—1588），是第一代莱斯特伯爵，英国政治家，英国女王伊丽莎白一世多年的密友、宠臣，曾长期追求女王并向她求婚。1560年，达德利的妻子艾米·罗布萨特不慎从楼梯跌落死亡，坊间谣传他与伊丽莎白合谋将其杀害，导致两人放弃结婚的打算。

② 罗宾（Robin）：罗伯特的昵称。

③ 亨利八世：都铎王朝的第二位国王，亨利七世的儿子。传说亨利八世是现存最古老的英国扑克牌四张K牌上图案的模型，标志是与亨利八世一样的卷曲八字胡和络腮胡子。此外，英国扑克牌上的K牌或是大、小王牌上常会有亨利八世的画像。

④ 丁尼生：艾尔弗雷德·丁尼生（Alfred Tennyson，1809—1892），第一代丁尼生男爵，英国桂冠诗人。

"是呀。马德琳·马奇，而且是我请的她。别那么惊讶，一点也不体面。你要是真感兴趣，告诉你也无妨。我想让她帮我写布莱辛顿伯爵夫人那部戏的剧本，但是折腾来折腾去，最后也没能给她留下什么印象，但至少请她吃了顿丰盛的大餐。说到这儿，我倒想起来了，当时托尼·比特梅克和七个人一起吃饭呢，桌上好多大酒瓶。你觉得他是怎么撑下来的？"

"证据不足。"格兰特说。玛尔塔笑着离开了。

病房回归寂静。格兰特又琢磨起伊丽莎白的罗宾：他身上有什么谜团？

哦，是了，艾米·罗布萨特。

但他对艾米·罗布萨特不感兴趣，不在乎她为什么会摔下楼梯，也不关心她摔下来的过程。

尽管如此，剩下的这些面孔还是让他度过了一个愉快的下午。早在进入警队之前，他就很喜欢研究面相。而在苏格兰场工作的这些年里，这不仅是他的一大爱好，还是一项专长。早些年，他曾和上头的警司观摩过一次列队认人。那不是他负责的案子，两人过去是为了办别的事，只是碰巧遇上了这次列队认人，于是便在一旁看着一男一女一前一后从十二个平平无奇的男人面前走过，寻找他们印象中的疑犯。

"你知道是谁吗？"警司问他。

"不知道。"格兰特回答，"但我能猜一猜。"

"是吗？那你猜哪个？"

"左边第三个。"

"罪名呢？"

"不知道。我一点内情也不知道。"

警司饶有兴味地看了他一眼。之后，那一男一女没能指认出任何人就离开了。其他人也不再规规矩矩排队站着，而是开始拉拉衣领，整整领带，叽叽喳喳地结束他们对法律的协助，准备返回街上过自己的日常生活。然而，只有左数第三个男人顺从地留在了原地，等着被押回牢房。

"厉害呀！"警司惊叹道，"十二分之一的概率，你却猜准了！这可真了不得。他把人认出来了。"他对当地的督察解释道。

"你认识他？"督察诧异地道，"据我们调查，他可是初犯。"

"没见过，甚至不知道他犯了什么事。"

"那你为什么选他？"

格兰特一顿，头一回审视起了自己的选择思路。他的结果并非推理出来的，没有"那个人脸上有这样或那样的特征，所以他就是被告"之类的推导过程，他几乎是凭直觉做出了选择，下意识便得出了答案。于是，他探入潜意识四处搜刮了一番，猛然说道："因为十二个人里，只有他脸上没有皱纹。"

警司和督察听了这话哈哈大笑。但格兰特已把潜意识里的一切拉到了明面，看清了自己的直觉的运作过程，明白了自己背后的思考路径。"听起来可能很蠢，但其实不是的。"他说，"一个成年人要是脸上没皱纹，那肯定是个蠢货。"

"弗里曼可不蠢。"督察打断道，"相信我，他精明着呢。"

"我不是这个意思。我的意思是，蠢货是不负责任的。'蠢'

衡量的是不负责任的程度。那十二个男人全都是三十来岁，可只有他长着一张不负责任的脸，所以我马上就选了他。"

自那以后，格兰特"瞥一眼就能知道"成了警局里的一个小玩笑，连警局的助理总监都曾戏谑地问他："你不会真相信世上有所谓的'犯罪脸'吧，格兰特督察？"

格兰特否认了，他可没那么单纯。"如果世上只有一种犯罪，那或许还有可能。可是长官，人性所及之处都是犯罪的温床，警察如果要给每张脸分门别类，那会没完没了。您随便找一天，下午五六点钟去邦德街上走一圈，就能大概了解名声不好的女人都长什么样，可全伦敦名声最差的女人却长着一张冰冷的圣徒脸。"

"最近没那么圣洁了。她这阵子喝得太多。"助理总监一下就猜到了他说的是谁，随即转移了话题。

但格兰特对面相的兴趣却有增无减，甚至逐渐将之发展成了一项有意识的研究，一种对个案的记录与比较。正如格兰特所言，脸孔无法被分门别类，但对单个人的面相进行特征描述还是做得到的。例如，某次再版某个著名案件的内容时，曾经为了引起公众的兴趣而刊登主要人物的照片，但大家从不会弄混谁是被告、谁是法官。律师的面相偶尔还会像个犯人，毕竟他们也只是人性的一个侧面，与其他人一样容易冲动和贪婪。但法官不一样，他们有一种特殊的品质，那就是正直与超然。因此，即使他们不戴假发，也不会被误认为是被告席上那个既不正直也不超然的家伙。

被玛尔塔拖出他的"小窝"后的詹姆斯显然玩得挺开心，而他们找来的这群"犯人"，或者也可以说是他们手下的"受害者"，则让格兰特的好心情一直持续到了"小矮人"送来下午茶的时候。格兰特整理好图片准备放进储物柜，手却意外碰到了另一张照片。它早先悄无声息地从他的胸口滑落，已经在床单上躺了一个下午。格兰特把它拿起来看了看。

那是一个头戴天鹅绒帽的男人，身穿 15 世纪末的开领紧身上衣，三十五六岁，身形瘦削，胡子刮得干干净净。他的颈间戴着富丽堂皇的珠宝，左手正往右手小指上套戒指。但他的目光并没有望向戒指，而是投向了虚空。

在格兰特今天下午看过的所有肖像里，这是最独特的一幅。仿佛画家倾尽所能想描绘一些东西，却因受限于才华而无法将之转化到画布上。画家对眼睛的刻画是一大败笔，没能传达出那双眼睛里蕴含的那种最迷人、最独特的情感。嘴巴画得也很失败。画家不知道如何把长长的薄唇画得灵动，导致它显得十分木讷。他最成功的刻画在于面部骨骼的结构：突出的颧骨，颧骨下方的凹陷，过大而缺乏力度的下巴。

格兰特想翻过图片的动作一滞，盯着那张脸又想了想。这是位法官？军人？王子？他应该习惯于承担重大责任，身居高位且极其负责。他尽心尽力、勤勤恳恳，爱操心，或许是个完美主义者。他目光长远、运筹帷幄，但又容易在细节上瞻前顾后，感觉很容易得胃溃疡。他小时候身体应该不怎么样，因为他的脸上有童年的苦难留下的那种难以言喻的印记，虽没有残疾人那么明显，却也是实实在在的。艺术家成功抓住了这一点，并将它描绘了出来。他的下眼睑微肿，像个卧床太多的孩子。他的皮肤上沟壑纵横，少年老相。

格兰特翻过画像查看图片说明。

背面印着：

> 理查三世肖像，现收藏于国家肖像馆；未知艺术家。

理查三世

原来是他——理查三世。一个驼背。童话里的大恶魔。滥杀无辜，十恶不赦。

格兰特又翻到正面看了看画像。这就是画家描绘这双眼睛时想要传达的感觉吗？难道他从这双眼睛里看到的是一个人着了魔的样子吗？

格兰特躺在床上，久久注视着那张脸，那双非同寻常的眼睛。它们狭长，紧挨着眉毛。眉头微微蹙起，显露出忧心忡忡、思虑过重的神情。乍一看，那双眼似乎在凝视什么，可仔细一瞧就会发现它们其实抽离世外，几乎是出神了。

"小矮人"回来取格兰特的餐盘时，他还在盯着画像看。他已经很久没见过这样的东西了。和它比起来，《蒙娜丽莎》仿佛就是一张海报。

"小矮人"瞧了瞧一口未动的茶杯，熟练地探了探壶身，发现依旧温热，于是不悦地瘪了瘪嘴，表示自己没那个闲工夫特意端茶送水过来给他无视。

格兰特将画像推过去。她会怎么想？如果画中人是她的病人，她会觉得他得了什么病？

"肝病。"她干脆地说，随即端起餐盘，一甩金色卷发，板板正正地离开了，踢踢踏踏的脚步声传达着无声的抗议。

但是与她擦肩而过的外科医生却不以为然。他温和而又随意地踱进病房，应邀接过画像，饶有兴趣地仔细打量了一番后说道：

"脊髓灰质炎。"

"小儿麻痹症？"格兰特忽然想起理查三世有条萎缩的手臂。

"这位是谁？"外科医生问。

"理查三世。"

"是吗？有意思。"

"您知道他有只胳膊是萎缩的吗？"

"是吗？不记得了。我以为他是个驼背。"

"他确实是个驼背。"

"不过我记得他刚出生就长了满满一口牙，还能生吞青蛙。嗯，看来我的诊断非常准确。"

"简直太准了。为什么您觉得他有小儿麻痹症？"

"具体理由我说不上来，只能说这张脸给了我这样的感觉。他的表情很像身体有残疾。如果他是天生驼背，那可能就是驼背闹的，不一定是小儿麻痹症。但我看画家好像没把他的驼背画出来。"

"是啊。宫廷画师总得圆滑一点吧。真正可以'别管疣子疖子，统统画出来'的时候得等到克伦威尔①上台呢。"

"要我说，"外科医生边心不在焉地查看格兰特腿上的夹板边说，"咱们今天深受其害的'倒转势利'②的风气就是克伦威尔闹出来的。'我是个实诚人，真的，没什么花里胡哨的东西。'确实，但同时也没礼貌，粗鲁，小气得很。"说着，他随手捏了捏格兰特的脚指头，"简直是种传染病，扭曲得可怕。我听说在美国一些地方，一人要是打着领带穿着大衣去选区，他的政治生涯就算完了，那叫'摆臭架子'。最完美的做法是穿上便服融入进去，和普通人打成一片，看着挺健康的。"他指着格兰特的大脚趾补了最后一句，接着又说回床单上的画像。

"有意思，"他说，"我是说小儿麻痹症的事。说不定他的胳膊萎缩真是因为这个。"他沉吟半晌，丝毫没有离开的意思，"总之很有意思。一个杀人犯的肖像，您觉得他长得像杀人犯吗？"

"杀人犯没有特定的长相，毕竟这世上因为什么理由杀人的都有。但无论在我的经验里，还是卷宗记录里，我从没见过历史上有哪个杀人犯长得像他这样。"

"这也正常，毕竟这位杀手的地位可谓'非同寻常'，

---

① 克伦威尔：奥利弗·克伦威尔（Oliver Cromwell, 1599—1658），英国政治家、军事家、宗教领袖，在17世纪中期的英国内战中击败保王党，废除君主制，成立共和国并担任第一任护国公，建立了护国公政体。
② 倒转势利：对高社会地位和财富表现出蔑视或敌意，而对低社会地位感到自豪。

不是吗？他的字典里不可能有'顾忌'两个字。"

"当然。"

"我看过奥利维尔演他，简直完美诠释了什么叫纯粹的邪恶。他演的理查三世总是在沦为怪诞的边缘来回试探，却从没有真正过线。"

"您看了那张画像，"格兰特问，"但在知道他的身份以前，觉得他是个坏蛋吗？"

"没有。"医生说，"我只想过他得了什么病。"

"奇了，我也没想过他会是个坏人。可等我看了背后的名字，知道他是谁之后，就只会想到他是个恶棍了。"

"或许'恶'与'美'一样，都只取决于观者的眼睛。行了，周末我再来看您的情况。现在不疼吧？"

说着，他和来时一样，温和而又随意地踱了出去。

格兰特对着画像想了又想，依旧感到费解。自己竟将史上最臭名昭著的谋杀犯之一误认成了法官，这让他无比恼怒。亲手将本该坐在被告席上的人物送上法官席，简直是将他钉在了愚蠢无能的耻辱柱上。可接着，他突然意识到，这画像原本是找来给他侦破谜团用的。

理查三世身上有什么谜团？

哦，想起来了。理查谋杀了他的两个侄子，却没人知道是怎么杀的。两个小男孩凭空消失了。而且如果他没记错，两个男孩消失的时候，理查本人并不在伦敦。他是暗中派人干了这勾当。然而，这两个孩子最终的命运究竟如何却无人知晓。查理二世^①时期，有人曾在伦敦塔内找到两具骷髅（似乎是在楼梯下面）并加以安葬。人们想当然地认为，那两具骷髅就是当年那两位年轻王子的遗骸，实际却毫无证据。

真令人震惊啊！即使是一个受过良好教育的人，留在脑海里的历史知识竟仍旧如此浅薄。格兰特只知道理查三世是爱德华四世的弟弟。爱德华身高超过一米八，人高马大、金发碧眼，是个风流倜傥的帅小伙，对撩女人颇有一套。而他弟弟理查却是个驼背，在哥哥死后篡夺了侄子的王位，更是设计杀害了王储和他的小弟弟，以绝后患。他还知道理查死于博斯沃思战役^②，临死前还在哀号着想要一匹合意的战马^③。同时，他是约克家族的最后一个君王，也是最后一位金雀花国王。

每个学生看完历史书上的理查三世篇都会长舒一口气，因为这意味着玫瑰战争^④终于结束，可以接着学都铎王朝的部分了。都铎王朝虽然枯燥，但至少容易理解。

---

① 查理二世（1630—1685）：斯图亚特王朝的第三位苏格兰国王，复辟后的首位英格兰及爱尔兰国王。查理二世个性活力四射而奉行享乐主义，生前获得多数英国人的喜爱，以"欢乐王""快活王"闻名。
② 博斯沃思战役：1485 年，亨利·都铎率领法国国王资助的军队和舰艇，带着兰开斯特势力流亡者跨过英吉利海峡于威尔士西南角登陆，一路挺进至博斯沃思原野，与理查三世麾下的约克势力交战。最终，由于斯坦利勋爵临阵倒戈，理查三世阵亡，亨利·都铎继而挺进伦敦加冕为亨利七世。博斯沃思战役是 15 世纪后半叶玫瑰战争中的决定性战役，导致了约克王朝最后一位国王理查三世的死亡，也标志着金雀花王朝的终结。
③ 莎士比亚的戏剧《理查三世》里刻画了博斯沃思战役。理查三世在战败前一刻喊道："一匹马，一匹马，用我的王国换一匹马！"
④ 玫瑰战争：亦称蔷薇战争，15 世纪中后期英格兰金雀花王室的两大支系，兰开斯特家族和约克家族及其支持者为了争夺英格兰王位而爆发的内战，因两大家族分别使用红、白玫瑰作为家徽而得名。

"小矮人"过来给格兰特收拾东西准备晚上就寝时，格兰特问："你有没有历史书？"

"历史书？没有。我要它干什么？""小矮人"的反问里其实没有询问的意思，所以格兰特也就没有回答。但他的沉默似乎让"小矮人"有些不悦。

"您要是想找历史书，"顿了顿，她接着说，"可以在达雷尔护士过来送晚餐的时候问问她。她把以前用过的所有课本都摆在房间的架子上，里面很可能有历史书。"

收藏以前的课本！简直太有"亚马逊"的风格了！格兰特暗忖。看来她至今仍旧怀念校园时光，就像她每到水仙花盛开的季节就思念家乡一样。当她端着奶酪布丁和大黄酱笨拙地挪进病房时，格兰特用一种近乎慈爱的眼神无比宽容地注视着她。这一刻，她不再是喘得像破风箱的大块头，而是摇身一变成了播撒快乐的使者。

"亚马逊"说，她的确有历史书，而且好像有两本。她喜欢学校，所以保留了所有课本。

她是不是还留着小时候的洋娃娃？这话在格兰特舌尖打了个转，好在被他咽了回去。

"我也很喜欢历史。"她说，"我最喜欢的科目就是历史，'狮心王'理查①是我的偶像。"

"一个没药治的莽夫。"格兰特说。

"您怎么能这样！""亚马逊"一脸受伤地说。

---

① 狮心王理查：理查一世（1157—1199），英格兰金雀花王朝的第二位国王，因骁勇善战而被誉为"狮心王"。理查一世一生只到过英格兰两次，其余时间都在欧洲大陆活跃。

"像得了甲亢。"格兰特毫不留情地评价道，"满世界横冲直撞，像蹩脚师傅手下的烂烟花一样嗖嗖乱窜。你要下班了吗？"

"收拾好餐盘就下班。"

"那你今晚能帮我把书拿过来吗？"

"晚上应该好好睡觉，不要熬夜看历史书。"

"躺着也只能盯着天花板失眠，还不如读读历史呢。帮我拿过来，好吗？"

"我觉得我没本事大晚上为了个对'狮心王'口出狂言的人在宿舍楼和病房之间跑个来回。"

"好吧。"格兰特说，"是我不具备殉道者的品质。在我看来，'狮心王'是骑士精神的典范，是无畏无瑕的骑士，是完美的将领，获得的杰出服务勋章①上都得有三条横杠。现在可以帮我拿书了吗？"

"您是该多读点历史啦。"她边说边用一只大手虔诚地抚平了床单边缘的斜角缝，"我晚上路过的时候给您带过来，反正也要出去看电影。"

大约一小时后，她才裹着驼毛大衣姗姗而来。病房已经熄灯了。她像个善良的精灵，倏然出现在他的阅读灯下。

"我还盼着您睡着了。"她说，"我觉得您不该今晚

---

① 杰出服务勋章：英国与英联邦成员国用以奖励在军事任务中有功的军职人员而设置的勋章。受勋者通常必须在实战中有功，和平时期的非作战军事任务表现不在授勋范围内。第二次及以上授勋时会在勋章丝带上加一条金属杠。

就开始看这些。"

"要说有什么东西能给我催眠，"格兰特说，"就属英格兰历史书啦。所以不必内疚，和别人手牵手看电影去吧。"

"我和伯罗斯护士一起出去。"

"那也可以手牵手呀。"

"我没耐心和您耍贫嘴啦。"她耐心地说着，身影渐渐消失在黑暗里。

她拿来了两本书。

一本是历史读物。它和历史的关系就像《圣经故事》和《圣经》。克努特^①王海滨训廷臣、阿尔弗雷德忧心烱蛋糕^②、雷利为伊丽莎白女王铺斗篷^③、纳尔逊胜利号船舱惜别哈代^④……这些故事都用大字体清晰地印刷出来，每段只有一句话，而且每一则故事都配有一整页的大插图。

不知为何，"亚马逊"对这些少儿读物的珍视竟让人有些动容。格兰特翻开扉页，想看看她有没有写名字。扉页上写着：

---

① 克努特（995—1035）：英格兰国王、丹麦国王、挪威国王，是当时北欧的霸主，将丹麦历代王者发展起来的北海帝国发展到了巅峰，史称克努特大帝。传说他曾带着朝臣走到海滨，听见朝臣谄媚说海洋也是他的仆人，便命人搬了椅子到海滨，自己走过去坐下，命令海水不准沾湿自己的脚。但海浪不为所动。克努特由此教训朝臣，国王的权利在主宰一切的上帝面前不值一提。传说以此称赞克努特王的谦逊。

② 这是英格兰非常著名的一个故事。传说英格兰国王阿尔弗雷德大帝某次抗击维京海盗时，曾到一个农妇的棚屋里避难。农妇不知他是国王，叫他帮忙照看火上的蛋糕。可阿尔弗雷德因专注思考国家问题而不慎让蛋糕烤烱了，被农妇臭骂了一顿。

③ 沃尔特·雷利（约1552—1618），英国维多利亚时代著名冒险家、诗人，维多利亚女王的宠臣。传说某次维多利亚女王出行时，街道因雨水而泥泞不堪。雷利见状便跑过去将自己的天鹅绒斗篷铺在女王面前的水坑上，这样女王的鞋子便不会沾上泥水。女王十分欣赏雷利的绅士行为，便册封他为骑士。

④ 指英国著名海军将领霍雷肖·纳尔逊在1805年特拉法尔加海战中中弹倒地后被转移至胜利号船舱，临终前召见旗舰舰长托马斯·哈代，叮嘱他慰问汉密尔顿爵士夫人艾玛、自己的女儿和朋友一事。

埃拉·达雷尔

三年级

纽布里奇中学

纽布里奇

格洛斯特郡

英格兰

欧洲

世界

宇宙

周围则贴着一圈精挑细选的彩色转印贴图。

是不是每个孩子都会这么做？格兰特想。用这种方式写下名字，下课后再用转印贴精心贴上图案。他小时候自然也这么干过。看着这些雀跃的三原色方块，格兰特难得重拾了童心。他几乎忘了玩转印贴时那种兴奋的心情。当你完整地揭下那一层薄膜，看见图案完美地留在了纸上时，那种油然而生的满足感实在太过美妙。成年人的世界鲜少有这样的满足。最为接近的，或许是高尔夫球场上一次利落的挥杆；抑或是鱼儿上钩时，鱼线骤然绷紧的那一刻。

这本小书让他很开心，他便索性一路翻看了下去，郑重地阅读每一个稚嫩的故事。毕竟，这些都是成年人耳熟能详的历史——剥离了那些复杂的吨税与磅税①、船税②、

———————————

① 吨税和磅税：中世纪英格兰征收的两类税的总称。吨税是对进口的酒类征收的进口税，磅税是对出口的羊毛等物品征收的出口税。

② 船税：英格兰国王查理一世为了解决建设海军面临的财政困难，将战时征船改为征款，即为船税。1631年第一次开征，至1641年被长期议会宣告非法，进而废止。

威廉·劳德的宗教礼仪改革①、莱伊宅阴谋②、《三年法案》③以及所有那些漫长而混乱的分裂与纷争、和谈与背叛之后永远留存在了人们心中。

格兰特一路读到理查三世的故事，篇名叫《塔中王子》。当年的小埃拉用铅笔把整个故事里所有的字母"O"都涂成了实心，似乎是觉得这些王子担不起"狮心王"的名字。插图里的两个金发男孩戴着过时的眼镜，正在射入铁窗的阳光下玩耍。插图背面的空白页上则有玩过井字游戏的痕迹。看来，小埃拉觉得这两位王子一文不值。

但这则小故事的情节还是很吸引人的。里头的恐怖因素很讨孩子们的喜欢——无辜的孩子，邪恶的叔叔，经典的配置，简单的套路。

它里头甚至还蕴含了道德训诫，简直是完美的警世寓言。

　　但是，国王并没有从他的恶行中受益。英格兰人民对他的心狠手辣感到震惊，决定不再奉他为君主。他们派人前往

---

① 威廉·劳德的宗教礼仪改革：17世纪，英格兰坎特伯雷大主教威廉·劳德力主将天主教礼仪重新引入英国国教，为此推行了一套新的宗教礼仪。劳德后因在英国内战中支持英王查理一世而被议会定罪，遭到处决。
② 莱伊宅阴谋：亦称黑麦屋阴谋，是1683年辉格党人针对复辟君主制的英王查理二世及其弟弟约克公爵詹姆斯的暗杀计划。辉格党人计划在王室成员从纽马基特赛马场返回伦敦途中路过莱伊宅时，在这里袭击他们。但由于纽马基特发生大火，王室成员提早踏上返程，导致计划流产。
③ 《三年法案》（Triennial Acts）：英国议会在1694年通过的法案。法案规定，每三年必须召开一次议会，每届议会任期不得超过三年。

法兰西迎回国王的远房表亲亨利·都铎①，决心拥戴他坐上英格兰的王座。两人终于展开决战。理查王虽英勇阵亡，但他早已众叛亲离。人们纷纷弃他而去，转而为他的对手拼命。

嗯，清楚明了，语句平实，言简意赅。

他翻开第二本书。

这是本正经的历史教科书。英格兰两千年的历史被简单明了地划分成不同阶段，便于查找信息。划分的标准自然也是历史王朝。也难怪大家惯于选一个名人来代表每个王朝，却忘了他们也曾生活并扬名于其他国王治下。一只鸽子一个笼，全自动对号入座。佩皮斯②：查理二世。莎士比亚：伊丽莎白。马尔伯勒③：安妮女王。人们从没想过，见过伊丽莎白女王的人很可能也见过乔治一世④。人们对

---

① 亨利·都铎：亨利七世（1457—1509），英格兰都铎王朝的第一位君主。他是亨利六世同母异父的弟弟埃德蒙·都铎和兰斯特家族创始者冈特的约翰的后代玛格丽特·博福特的儿子。玫瑰战争末期，亨利为兰开斯特派首领，最终于博斯沃思战役击败理查三世，加冕为英格兰国王，并迎娶爱德华四世之女伊丽莎白为后，以此实现了约克与兰开斯特两大王室家族的融合，结束了玫瑰战争。

② 佩皮斯：塞缪尔·佩皮斯（Samuel Pepys, 1633—1703），又译为皮普斯，英国托利党政治家、日记作家。其《佩皮斯日记》包含对伦敦大火和大瘟疫等事件的详细描述，成为17世纪最丰富的生活文献。

③ 马尔伯勒：约翰·丘吉尔（John Churchill, 1650—1722），第一代马尔伯勒公爵，英国军事家、政治家。他在西班牙王位继承战争中名利双收，使英国上升为一级的海陆强权，促成18世纪的繁荣兴盛。在英国军事史上，约翰·丘吉尔与纳尔逊及威灵顿鼎足齐名，三人被看作是伟大的民族英雄。

④ 乔治一世（1660—1727）：德意志汉诺威选帝侯，汉诺威王朝的首位英国及爱尔兰国王。1714年，英国安妮女王驾崩，无嗣，乔治根据1701年的王位继承法继承英国王位，称乔治一世。

于每个王朝的印象打小就被框住了。

　　但如果你是一个伤了脊椎断了腿，只想挖掘一些死了几百年的王族成员的信息来解解闷，好让自己不要疯掉的警察，那不可否认，这种做法的确能让事情变得简单。

　　他诧异地发现理查三世的统治竟然如此短暂。短短两年时间就成了英格兰两千多年历史中最著名的统治者之一，理查三世的个性想必十分突出。他就算不受爱戴，也必定影响了许多人。

　　这本历史教科书也认为他极富个性。

　　理查虽然能力出众，行事却相当不择手段。他公然宣称兄长爱德华四世与伊丽莎白·伍德维尔的婚姻非法，迫使他们的孩子成为私生子，自己则凭借这个荒诞的理由攫取王位。民众因畏惧迫害而臣服。他一经加冕便马不停蹄地前往群众根基更加深厚的南方①进行巡视。这期间，伦敦塔内的两名年轻王子悄然失踪。大众纷纷猜测两位王子已遭谋杀。一连串严重叛乱随之而来，但被理查以雷霆手段迅速镇压。②为了挽救民心，他召开议会，通过了一些打击恩税③、恩庇④、制式

---

① 实际上，理查三世加冕后巡视王国的路径主要覆盖英格兰北部区域，同时由于他在爱德华四世时代长期在北方经营，因此在北方的声望更高。这里疑似铁伊将"北方"误写成了"南方"。
② 1483 年，趁理查在北方巡视之际，第二代白金汉公爵亨利·斯塔福德联合以玛格丽特·博福特与儿子亨利·都铎为首的兰开斯特党人及伍德维尔家族在南方发动了一系列叛乱，但最终失败。白金汉公爵因此被处决。
③ 旧时英王向民间勒捐的税金，名为捐款，实则是勒索。
④ 封建领主为获得追随者的忠诚和效力而为其提供庇护的做法。此举经常导致犯罪的贵族家臣得不到惩治，招致腐败和司法扭曲。

着装①等方面的务实法令。

不久，第二次叛乱接踵而至。兰开斯特派首领亨利·都铎率领法国军队入侵英格兰，并在莱斯特郡附近的博斯沃思原野与理查三世的军队展开交战。混战中，斯坦利家族的倒戈使得亨利占据了上风。理查阵亡了，仅留下一个堪比约翰王②的响亮臭名。

"恩税""恩庇"和"制式着装"到底是什么玩意儿？

自家的王位继承竟被法国军队左右，英格兰人民对此又做何感想？

当然啦，玫瑰战争时期，法兰西在英格兰人眼里还算若即若离的半个自家领土③，远不及爱尔兰陌生。15世纪的英格兰人去法兰西是家常便饭，去爱尔兰可是一万个不乐意。

格兰特躺在床上，遥想那个英格兰，那玫瑰战争时期的英格兰；那从坎伯兰④到康沃尔⑤见不到半座烟囱，

---

① 封建领主为其追随者提供制服、徽章等制式服饰，将其标记为私人臣属的做法。此举常常会形成封建领主的私人武装力量，进而引发斗争与混乱，削弱君主的权威。

② 约翰王：约翰一世（1166—1216），英格兰国王，亨利二世最小的儿子，"狮心王"理查的弟弟。亨利二世将在法国的领地全部封给了他的几个兄长，导致他无地可领而被称为"无地王约翰"。他可以说是英国历史上最失败也最不得人心的国王之一，执政期间失去了英格兰国王在欧洲大陆（大部分位于法国西部）上的大部分属地，并在贵族的进逼下签署了著名的《大宪章》，失去了作为国王的一部分权力，造成了诺曼王室封建集权运动的失败。

③ 金雀花王室源自法国，而亨利五世曾征服大半个法国且一度被立为法兰西王储，故而金雀花王朝的英王一直将法国王冠视为己有，并且持续使用法兰西国王的头衔。

④ 坎伯兰（Cumber land）：位于英格兰西北端的一个地区，与苏格兰交界。

⑤ 康沃尔（Cornwall）：英格兰西南端的一个郡，毗邻大西洋。

一片绿意盎然的英格兰；那还没被圈成一块一块，连绵的森林里野兽出没，无边的沼泽地里野禽成群的英格兰；那千篇一律的村落相隔数英里错落的英格兰——城堡、教堂、农舍，修道院、教堂、农舍，庄园、教堂、农舍。村落外面是一圈耕地，耕地外面便是一片绿意，连绵的绿意。村落间的小径上车辙深深，在冬日的融雪里泥泞不堪，在夏日的烈阳中尘土飞扬，在春去秋来的季节轮转中时而衬着野玫瑰，时而缀着红山楂。

就在这片地广人稀的绿色土地上，玫瑰战争打了整整三十年。但它与其说是一场战争，不如说是两个家族的血仇，是蒙太古与凯普莱特①之间的争斗，与普通的英格兰人其实无甚关系。不会有人闯进你家逼问你是约克党还是兰开斯特党，只要你答错了阵营就把你丢进集中营。这场战争小而集中，几乎像一场私人斗殴。他们在你家楼下的草地上打了一仗，把你家厨房当绑扎所，之后不知跑到哪里去又打了一仗。过了几个星期，你就会听说那场仗里发生了什么，然后为此与家人大吵一架，因为你的妻子支持兰开斯特，而你支持约克。这就像你们俩分别支持球赛的对阵双方。你是阿森纳球迷也好，切尔西球迷也罢，没人会因此迫害你。同样，你也不会因为支持兰开斯特或约克而遭到迫害。

直到坠入梦乡，格兰特还在想着那个绿意盎然的英格兰。

而对于两位年轻王子的命运，此时的他并不比其他人知道得多。

---

① 蒙太古与凯普莱特（Montogue and Capulet）：莎士比亚《罗密欧与朱丽叶》中拥有世仇的两大家族，罗密欧与朱丽叶分属这两个家族。

"您就不能看点更开心的东西吗？"第二天早晨，"小矮人"指着被格兰特立在床头书堆旁的理查三世像问道。

"你不觉得这张脸很有趣吗？"

"有趣？惊悚还差不多！活脱脱一个忧郁狗德斯蒙德①。"

"历史书上说他很有能耐。"

"蓝胡子②也是。"

"而且好像还挺受欢迎。"

---

① 忧郁狗德斯蒙德（Dismal Desmond）：20世纪20年代风靡英国的玩具狗，设计师是理查德·埃洛特。曾是当年英格兰板球队的吉祥物，也是温网女更衣室的吉祥物。其生产一直持续到了第二次世界大战，并曾于20世纪80—90年代重新推出。

② 蓝胡子：法国诗人夏尔·佩罗（Charles Perrault）所创作的童话，同时也是故事主角的名字。曾经收录在《格林童话》的第一版里，但在第二版里被删除。

"蓝胡子也是。"

"而且骁勇善战。"格兰特促狭地说，顿了一会儿才接着道，"这回不说蓝胡子了？"

"您为什么非得看那张脸？他到底是谁？"

"理查三世。"

"瞧瞧，我就说吧！"

"你是说，你觉得理查三世就该长这样？"

"是的。"

"为什么？"

"他可不就是个杀人不眨眼的畜生吗？"

"你倒是很懂历史。"

"谁不知道他弄死了自己的小侄子。唉，两个小可怜，被活活闷死了。"

"闷死？"格兰特来了兴趣，"这我倒不知道。"

"用枕头闷死的。"她有力的小手对着枕头拍拍打打，随后麻利地将它们放回原位。

"为什么是闷死？为什么不下毒？"格兰特问。

"别问我，又不是我干的。"

"谁说他们是被闷死的？"

"历史课本说的。"

"我的意思是，历史课本引用的是谁的说法？"

"引用？没什么引用不引用的，书上只是给出了事实。"

"那书上说是谁闷死他们的？"

"一个叫蒂勒尔①的人。您没上过历史课吗？"

"上过。但这是两码事。蒂勒尔是谁？"

"我哪知道，支持理查的人吧。"

"大家为什么觉得是蒂勒尔干的？"

"他认罪了。"

"认罪？"

"当然是在罪行暴露之后，上绞刑架之前。"

"你是说，这个蒂勒尔真因为谋杀两位王子而被绞死了？"

"是的，当然啦。需不需要我拿走这张阴沉脸，换张开朗一点的？昨天哈拉德小姐带来的画像里有很多漂亮脸蛋。"

"我对漂亮脸蛋不感兴趣，只对阴沉脸蛋感兴趣，对'有能耐'的'杀人不眨眼的畜生'感兴趣。"

"好吧，萝卜青菜，各有所爱。""小矮人"没了法子，"还好我不用盯着它看。依我说，这东西会妨碍骨头愈合的，真的。"

"我这骨头要是真没能接回去，你尽管去怪理查三世。他背了那么多罪名，肯定不在乎多背一个。"

等玛尔塔下次过来，他非得问问她知不知道这个蒂勒尔。玛尔塔虽然有些缺乏常识，但毕竟花大价钱上过名校，或许还记得些东西。

---

① 蒂勒尔：詹姆斯·蒂勒尔爵士（Sir James Tyrrel），理查三世的亲信，因承认自己奉理查三世之命杀害塔中王子而闻名。

然而，第一位外界来客竟是威廉斯巡佐。他身材高大，面色红润，穿戴十分整洁。格兰特顿时将古时的争斗抛诸脑后，想起了现代惹是生非的小混混们。威廉斯稳稳当当地坐上硬邦邦的访客椅，双膝分开，淡蓝色的眼睛在窗外射入的光线中熠熠生辉，活像只餍足的猫。格兰特温和地望着他。他心里高兴，因为又能用上行话与同事聊些工作，说说职场八卦，谈谈职场政治，聊聊谁挨了处分，谁在走下坡路。这种感觉真的很好。

"警司要我代他向你问好，"威廉斯边说边起身要走，"还说有什么用得着他的地方，尽管开口。"他的眼睛不再沐浴在阳光里，而是投向靠在书堆上的画像，他侧过脑袋看了看，"这家伙是谁？"

格兰特刚想回答，忽然想到这也是一名警察，他和自己一样，在工作中要和各种各样的人打交道，时时需要识人断物。

"一名15世纪佚名画家创作的肖像画。"于是格兰特说，"你怎么看？"

"我对绘画一窍不通。"

"不是。我是问你对画上这个人怎么看。"

"哦？哦！明白了。"威廉斯弯下腰，拧起淡淡的眉毛打量起画像来，"你的'怎么看'指什么？"

"依你看，他是该坐法官席，还是被告席？"

威廉斯考虑了一会儿，然后自信地说："法官席。"

"你确定？"

"当然。怎么？难道你不觉得？"

"不，我和你想法一样。可吊诡的是，咱俩都看走了眼，他是坐被告席的。"

"那可真奇了。"威廉斯说着又仔细观察起画像来,"这么说你知道他是谁?"

"知道。理查三世。"

威廉斯吹了声口哨。

"原来是他呀!这可真是。塔中王子,还有那些事儿,童话里所有坏叔叔的原型。这画像呀,不知道他是谁的时候,你压根不会往那方面想;可一旦你知道他的身份了,再看就像了。我是说像畜生。仔细想想,他简直是老哈斯伯里①的翻版。而要说哈斯伯里有什么缺点,那就是他对被告席上的家伙太心慈手软,宣判的时候总是不遗余力地给他们谋福利。"

"你知道那两位王子是怎么被谋杀的吗?"

"我对理查三世一无所知,只知道他妈妈怀了他两年才把他生下来。"

"什么?你从哪听来的?"

"应该是哪本历史课本吧。"

"那你上的学校可真了不得。我可没见过哪本历史课本提到过孕期。莎士比亚和《圣经》教起道理来为什么如此不落俗套?就是因为它们总能让你从生活里发现点新东西。你知不知道一个叫蒂勒尔的人?"

---

① 哈斯伯里:哈丁·吉法德(Hardinge Giffard, 1823—1921),第一代哈斯伯里伯爵,英国大律师,保守党政治家。曾三度出任英国大法官,任期长达 17 年。

"知道，一个骗子。在铁行^①的船上行骗，最后溺死在埃及。"

"不是。我是说历史上的蒂勒尔。"

"我跟你说，我仅有的历史知识是1066年^②和1603年的那两件事。"

"1603年发生了什么？"格兰特问，心思还在蒂勒尔身上。

"苏格兰成了咱身上甩不掉的牛皮糖。"

"总比他们隔五分钟就掐一次我们的脖子强。据说是蒂勒尔杀了那两个孩子。"

"你说理查三世的那两个侄子？不行，一点印象都没有，我当时肯定在混日子呢。你还有什么要我帮忙的吗？"

"你刚才说你要去查令十字街^③？"

"对，去凤凰剧院^④。"

"那帮我办件事吧。"

"什么事？"

"去书店帮我买本英格兰史，成年人读的那种。可以的话，再买本理查三世的传记。"

"没问题，我去给你买。"

他出门时正好遇上"亚马逊"，像是没见过堪比自己的大块

---

① 铁行：铁行轮船公司，又名半岛东方轮船公司或大英轮船公司，简称P&O，是一家总部位于英国伦敦的航运公司，成立于1837年。该公司已于2006年被迪拜环球港务并购。

② 指诺曼征服。1066年，以诺曼底公爵威廉（约1028—1087）为首的法国封建主对英格兰的征服。诺曼征服建立了诺曼底王朝，标志着英国中世纪的开始。诺曼底公爵也加冕为威廉一世，史称"征服者威廉"。

③ 查令十字街：英国伦敦市中心的街道，因通往查令十字火车站而得名，是伦敦著名的书店街。

④ 凤凰剧院：西区剧院，位于英国伦敦卡姆登区查令十字街。

头穿护士服，结结实实地吓了一跳。他窘迫地嘟囔了句"早安"，疑惑地瞥了格兰特一眼，随后消失在了走廊里。

"亚马逊"说自己要去给四号床洗床上浴①，但还是想先来看看他折服了没有。

"折服？"

当然是折服于"狮心王"理查的高贵品性。

"我还没看到理查一世呢。不过让四床再等一会儿吧，你能不能和我说说理查三世？"

"啊，可怜的小羊羔！"她那双大大的牛眼里盈满了悲悯。

"谁？"

"那两个可爱的小男孩。我小时候被这个故事吓得睡不着觉，总怕有人用枕头闷死我。"

"他们就是那么死的？"

"是呀。您不知道？朝廷在沃里克的时候，詹姆斯·蒂勒尔爵士骑马赶回伦敦，指使戴顿和福里斯特杀掉他们，然后把他们背到一条楼梯下面埋了，再压上一大堆石头。"

"你借给我的书上可没这么写。"

"哦，那毕竟是应试书，您懂的，都是什么有用写什么，功利得很。那种书里是看不到有趣的历史的。"

"那我想请问，你是从哪里打听到有关蒂勒尔的有趣八卦的？"

———————————
① 床上浴：为卧床病人进行全身擦洗的工作。

"那不是八卦。"她受伤地说，"托马斯·莫尔爵士[1]撰写的当代史里有记载。历史上还有谁比托马斯·莫尔爵士更值得尊敬和信赖呢？"

"你说得对，跟托马斯爵士顶嘴的确很没教养。"

"那好，托马斯爵士就是这么说的。而且他就生活在那个时代，可以和当事人交流。"

"你说戴顿和福雷斯特？"

"当然不是。我是说理查，还有可怜的王后和其他那些人。"

"王后？理查的王后？"

"是。"

"她为什么'可怜'？"

"理查对她很不好。据说他毒死了她，因为想娶侄女。"

"为什么？"

"因为他侄女是王位继承人。"

"懂了。他先杀死了两兄弟，接着又想娶他们的姐姐。"

"是的。毕竟他没法娶侄子。"

"我想哪怕是理查三世也不会有那种想法。"

"所以，他想娶伊丽莎白，把王位坐得更稳。结果她却嫁给了他的继任者，后来又有了伊丽莎白[2]这个好孙女。我一想到伊丽莎白女王有一点金雀花血统就高兴。我从来不喜欢都铎一脉。好了，

① 托马斯·莫尔爵士 (Sir Thomas More,1478—1535)：英王亨利七世、亨利八世时期的政治家、作家、哲学家和空想社会主义者。他于 1516 年用拉丁文写成的《乌托邦》对以后社会主义思想的发展有很大影响。

② 伊丽莎白：指英国都铎王朝的伊丽莎白一世女王（1533—1403），亨利八世和第二任妻子安妮·博林的女儿。

我得走了，不然就赶不上在护士长巡视病房之前帮四床洗好澡了。"

"那世界可就完了。"

"那我就完了。"她说完就走了。

格兰特又从书堆里找出"亚马逊"借他的书，试图厘清玫瑰战争的来龙去脉，但失败了。军队攻来攻去。约克党和兰开斯特党你来我往，今天你获胜称王，明天我凯旋加冕，搅得人晕晕乎乎，跟在游乐场上看一群人开着碰碰车撞来撞去一样毫无意义。

但在他看来，这一切纷争的根源早在近百年前，理查二世①被废黜时就已埋下，正是理查二世的废黜导致了金雀花王朝的嫡系传承断绝。他很了解这一段历史，因为他年轻时曾在新剧院②看过《波尔多的理查》③，而且整整看了四次。此后，篡位的兰开斯特家族开始统治英格兰，并将王位传承了三代人：与波尔多的理查④纠葛多年的亨利⑤在位时虽然焦头烂额，但还算有才干；莎士比亚笔下的哈

---

① 理查二世（1367—1400）：出生于波尔多，是黑太子爱德华最小的儿子，1377 年登基成为英格兰国王，1399 年被废。在位初期因征收人头税而引发瓦特·泰勒农民起义。在位期间非常独断专行。1399 年时因无故收兰开斯特公爵的领地并分给自己的支持者而引起兰开斯特公爵之子亨利·博林布鲁克的不满，被后者以暴政为由推翻。亨利·博林布鲁克随即即位为亨利四世，开启了兰开斯特王朝。

② 新剧院：位于英国伦敦威斯敏斯特市圣马丁巷。该剧院于 1903 年 3 月 12 日开幕，2006 年大修后，更名为诺埃尔·科沃德剧院并沿用至今。

③ 《波尔多的理查》：作者约瑟芬·铁伊本人的舞台剧作品。

④ 即理查二世。他出生于波尔多，因而有此称呼。

⑤ 即亨利·博林布鲁克，后来的亨利四世。

尔王子[①]凭借阿金库尔战役[②]荣耀加身，据此赢得追求雄心壮志的筹码；只是他的儿子却浑浑噩噩，昏聩无能。可怜的亨利六世，他任由那些无能的宠臣将父辈在法国取得的丰硕战果挥霍一空，自己却一心扑在创办伊顿公学上，要不就是恳求宫廷里的女士们遮掩自己的胸部。看着这番景象，难怪人们会再次寻求正统血脉对王位的继承。

三位兰开斯特国王的统治都有一种不得人心的狂热意味，与此前宫廷中的自由风气形成鲜明的对比。只是这种自由主义在理查二世时就已经消亡，理查时代好商好量、相对宽容的议事风格几乎在一夜之间变成顺我者昌，逆我者亡。整整三代人对待异见者都毫不心慈手软，也难怪不满的火苗在街头巷尾的人们心中越烧越旺。

尤其此时，他们眼前还出现了约克公爵[③]。他精明能干、明察事理、有权有势且颇有天赋。他是出身正统的宗室子弟，论血统合该是理查二世的继承人。人们或许不奢求约克公爵能取代可怜的傻亨利，但确实希望他能够临朝摄政，收拾残局。

约克公爵努力过，却终究只能绝望地死在战场，迫使自己的家人在很长一段时间里不得不四处流亡或避难。

然而，当一切喧嚣尘埃落定，坐上英格兰王座的却是一直与他并肩作战的儿子。这个拥有浅金发色、身材高大、温文尔雅、风

---

① 哈尔王子：原型为亨利四世的儿子，即后来的亨利五世。
② 阿金库尔战役（Battle of Agincourt）：1415年在法国圣波尔县（现加来海峡省）阿金库尔爆发的一次军事冲突，是英法百年战争中著名的以少胜多的战役。
③ 约克公爵：指第三代约克公爵理查·金雀花（1411—1460），爱德华四世与理查三世的父亲。

流成性、俊美过人且聪明绝顶的年轻人——爱德华四世。国家在他的统治下重归平静。

格兰特对玫瑰战争的了解也止步于此。

他从书中抬起头，发现护士长正站在房间中央。

"我敲过门了，"她说，"但您正看得入迷。"

她站在那里，身形纤瘦，神情疏离，与玛尔塔一样有自己的风情。一双柔荑从镶着白边的袖口里伸出来，虚握着轻轻搭在柳腰前。白口罩透着永恒的庄严感。她身上唯一的装饰是护士学校颁发的银质小徽章。格兰特想，世上是否还有比大医院的护士长更为坚定不移的姿态。

"我一直在看历史。"他说，"没想到天都这么晚了。"

"真了不起。"她说，"历史总教人看清事物的本质。"她的视线掠过肖像，问道："您是约克派还是兰开斯特派？"

"您认得画上的人？"

"认得。我还在实习的时候经常泡在国家美术馆里。那时候没什么钱，脚又酸又疼。美术馆里暖和、安静，还有很多座位。"她面露一丝笑意，回忆起当年那个年轻、疲惫而又真诚的自己，"我最喜欢肖像馆，因为它们和史书一样主次分明、简明扼要。所有曾经叱咤风云的大人物如今都成了一个名字，成了画布上的颜料。那段日子里，我看了许许多多这样的画像。"她的思绪又回到眼前的画像上，"他实在很忧郁。"她说。

"我的外科医生觉得他得过小儿麻痹症。"

"小儿麻痹症？"她沉吟片刻，"可能吧。我倒是从没往那方面想过，只是总能从这幅画里感受到强烈的忧愁。我见过许许多多愁云密布的脸，都不比这张脸绝望与愁苦。"

"这么说，您觉得这幅画是在他做下那桩谋杀案之后画的？"

"是的，很明显。他不是轻举妄动的人，而且他那么有才干，一定很清楚那是什么样的滔天大罪。"

"您是觉得，他在作孽之后就不知该如何自处了。"

"您形容得真好！是的。他就是被欲望迷了心，得到后才发现代价太过高昂的那种人。"

"所以您不认为他是彻头彻尾的恶人？"

"对，对，他当然不是。恶人不会受良心的谴责，可您看他的脸，简直写满了极端的痛苦。"

他们看着画像，沉默了好一会儿。

"他唯一的儿子不久就死了。妻子也死得早。他的小家顷刻间轰然崩塌。他一定觉得这是报应，是天谴。"

"他喜欢他妻子吗？"

"她是他的表妹①，两人从小就认识，所以不管他爱不爱她，总归是个伴儿。我想，一坐上了那个至高无上的位置，这种陪伴就显得弥足珍贵了。好了，我得再去医院里到处转转。原本想来问问您今早感觉如何，结果到现在都没问出口。但既然您有闲心研究一个死了四百年的人，想必精神不错。"

---

① 指安妮·内维尔（Anne Neville, 1456—1485），"造王者"沃里克伯爵理查德·内维尔的小女儿，理查三世的王后。理查三世的母亲与王后安妮·内维尔的爷爷是兄妹，所以安妮·内维尔实际是理查的表侄女，但两人年龄相近。

　　她始终维持着进来时的姿势一动未动，此刻露出一抹疏离的淡笑，双手仍轻轻交握在皮带扣前，向门口走去。她身上有一种超凡脱俗的沉静，像一名修女，像一位女王。

第
四
章

　　午饭过后，威廉斯巡佐气喘吁吁地带着两本厚厚的书再次出现。

　　"其实不用满头大汗地专程跑上来，"格兰特说，"放在门房就好。"

　　"我得上来和你解释一下。我只去了一家书店，因为时间来不及，不过去的是那条街上最大的一家。他们说这是店里最好的英格兰史，而且搁哪儿都算得上是最好的。"他有点儿事不关己地放下一本看着很严肃的草绿色大部头，"他们那儿没有单独的理查三世史，就是说没有他的传记。但他们给了我这个。"说着，他递过一本封面印着盾徽的书，装帧十分精美，书名叫《雷比的玫瑰》。

　　"这是什么？"

"你问这朵玫瑰？好像指的是他妈妈。我真得走了，五分钟内不赶到局里，上司能活剥了我。我尽力了，不好意思。下回路过我再来看你。这两本书，你要是不满意，下回我再给你找别的。"

格兰特跟他道了谢。

威廉斯匆匆离去，格兰特在他的脚步声中打量起了这本"最好的英格兰史"。这其实是本"宪法史"，严谨地汇编了海量数据，并配有启发性的插图，让叙述更加直观。它引用了一幅《勒特雷尔诗篇》①中的泥金插图来讲解 14 世纪的畜牧业，又配了一幅 17 世纪的伦敦地图，一分为二地展示了 1666 年伦敦大火②前后的街景。坦纳的《宪法史》鲜少提及国王和王后，主要专注于介绍社会发展进程和政治演变，黑死病、印刷术的发明、火药的使用、行业公会的形成等等。但是，坦纳先生时不时会出于一种可怕的考据精神而不得不提及某位国王或其亲属，比如在讲述印刷术的发明时。

一个名叫卡克斯顿③的人离开肯特郡的威尔德地区④，拜在一名布商门下当学徒。这位布商后来成了伦敦市长。

---

① 《勒特雷尔诗篇》：约 1320 至 1340 年间，由杰弗里·勒特雷尔爵士（Sir Geoffrey Luttrell）委托制作的泥金装饰手抄本。
② 伦敦大火：发生于 1666 年 9 月 2 日至 5 日，是英国伦敦历史上最严重的一次火灾，烧掉了许多建筑物，包括圣保罗大教堂，但切断了自 1665 年以来伦敦的鼠疫问题。
③ 卡克斯顿：威廉·卡克斯顿（William Caxton，1422—1491），英格兰商人、外交官、作家及出版人。他把印刷机传入英格兰，使英国开始自主印刷、出版英文书籍，是英国第一个印刷商。
④ 威尔德地区（Weald）：英格兰东南部一个历史性和地理上的地区，涵盖肯特郡、萨里郡和东萨塞克斯郡。

此后，他带着恩师在遗嘱中留给他的 20 默克①前往布鲁日②。与此同时，两名来自英格兰的年轻逃亡者在这个低地国家沉闷的秋雨中登上浅滩。他们正是爱德华四世和弟弟理查，并且恰好被当年那位肯特人所救。多年来，他经商有道，如今已成一方巨贾。此后，爱德华重返英格兰夺回王位。卡克斯顿也追随他回到了故土，为爱德华四世印制了英格兰第一批印刷书籍，作者则是爱德华的内弟③。

格兰特翻着书，心中感慨信息被抽离个性后是多么枯燥无味。报纸读者们早已察觉，人类整体的悲哀太过空泛，鲜有实感。大规模的天灾人祸或许叫人脊背一凉，却无法真正引起人们内心的触动。发大水淹死上千人不过一则新闻罢了，池塘里淹死了一个孩子却是实打实的悲剧。因此，坦纳先生介绍的英国文明发展历程虽让人肃然起敬，却激不起澎湃的心潮。但在他不得不引入一些私人信息，比如论及帕斯顿信札④时，他笔下的内容就有趣多了。帕斯顿家的人惯于在订购色拉油、询问克莱门特⑤在剑桥的学习情况等形形色色的家务事之余，随信评论几句历史事件。其中就包括这样一件小事：约克的两个小男孩乔治和理查正寄住在帕斯顿家在伦敦的寓所，而他们的哥哥爱德华每天都会去探望他们。

---

① 默克：旧时苏格兰使用的白银单位，后也用来称呼银币。
② 布鲁日（Bruges）：比利时西北部城市，今比利时西佛兰德省省会，14 世纪为欧洲最大的商港之一。
③ 指安东尼·伍德维尔（Anthony Woodville, 1442—1483），第二代里弗斯伯爵，1477 年在英国本土出版的印刷英文书《哲学家的名言或警句》（The Dictes and Sayings of the Philosophers）是历史上出版最早的一批英文书籍之一。
④ 帕斯顿信札（Paston Letters）：1422 年至 1509 年间，诺福克绅士帕斯顿家族成员与其相关人员之间逾千封往来信件的合辑，其中还包含了许多国家文件和其他重要文件。这些信件是有关玫瑰战争和都铎时代早期英国生活的重要信息来源，可谓中世纪后期英国社会的一部民间百科。
⑤ 克莱门特：帕斯顿家第二代最小的儿子。

格兰特暂时放下书，抬头望着天花板，却对其视而不见。他想，在英格兰从古至今的所有君王里，恐怕就属爱德华四世和他弟弟理查对普通人的生活有如此切身的体会。后世的查理二世或许能勉强比肩，但他即使在穷困潦倒的流亡生活里也始终是一名王子，是游离于普通人之外的。但是，寓居帕斯顿宅的那两个小男孩在当时不过是两个约克家的后人罢了，未曾有过多的重要性。他们在帕斯顿写信的那一刻已经没了家，而且很可能不会有未来。

格兰特又翻开"亚马逊"的历史课本，想知道爱德华当时在伦敦做什么，随后发现他那时正在集结军队。历史课本说："伦敦向来拥护约克家族，人们热情地投入年轻的爱德华麾下。"

时年十八岁的爱德华已是首都的偶像，正砥砺走向他人生中的首次胜利。然而在这种情况下，年轻的爱德华竟还能每天抽出时间来看望他的两个小弟弟。

格兰特不禁想，理查对兄长无与伦比的忠诚是否就诞生在此时？他这份终生不渝的忠诚连历史书都无法否认，反而用它来警醒世人："不管时局如何变化，理查对兄长始终一片忠心，充当他的左膀右臂，直至他去世。可在加冕为王的机会面前，他没能抵挡住诱惑。"历史读物则更为简练地概括道："他一直是爱德华的好弟弟，但对至尊之位的贪婪使他狠下了心肠。"

格兰特扭过头看了一眼画像，认定历史读本说得不对，让理查痛下杀手的绝不会是贪婪。还是说，历史读物所谓的"贪婪"指的是对权力的贪婪？应该吧，很有可能。

不过，理查那时已经权势滔天。他是国王的弟弟，而且富甲一方。那最后的一小步真有那么重要吗，值得他为此不惜杀害兄长的孩子？

实在说不通。

格兰特还在冥思苦想时，廷克太太给他送来了换洗的睡衣，然后照例和他聊起了今天报纸上的头条新闻。廷克太太看报最多只看前三个大字标题，除非碰上了谋杀案，那她就会一字不漏地从头看到尾，并在回家给丈夫做晚饭的路上捎一份晚报。

今天，她滔滔不绝地聊起了约克郡砒霜中毒案的开棺验尸报道，直到瞥见床头柜上那摞书边分毫未动的晨报才戛然而止。

"今天状态不好？"她关切地问。

"好着呢，好得很，廷克。怎么这么问？"

"你连报纸都不看了。我姐姐就是这样，不看报纸之后，身体就越来越不行了。"

"别担心，我的身体是越来越好，连脾气都好了很多。我一直在看历史故事，这才忘了看报纸。你知道'塔中王子'吗？"

"这谁不知道！"

"那你知道他们是怎么死的吗？"

"当然知道，睡觉的时候被人拿枕头捂死的。"

"谁捂的？"

"他们那个恶叔叔呀，理查三世。身体不好的时候不能看这些东西，应该换点欢快的。"

"廷克，你急着回家吗？有空的话，能不能帮我跑一趟圣马丁巷？"

"不着急，我闲得很。你想找哈拉德小姐？她得六点才到剧院。"

"我知道。所以想叫你帮我捎张字条，这样她一到剧院就能看见。"

他拿过便笺本和铅笔写道：行行好，帮我弄本托马斯·莫尔的《理查三世史》。

他撕下便笺折好，龙飞凤舞地写上玛尔塔的名字。

"交给后台门口的老萨克斯顿，叫他帮忙转交就行。"

"看我能不能挤到后台门口吧，那地方全是排队用的凳子。"廷克太太有些夸张地评论道，"那队伍简直没完没了。"

她把折好的字条小心翼翼地放进自己随身携带的廉价仿皮革手包里。这个边缘破旧的手包和她的帽子一样，几乎成了她的一部分，从不离身。往年每逢圣诞节，格兰特都会送她一个设计精美、做工精良，代表了英国顶级皮革工艺水准的新手包。那些包绝对称得上艺术品，要是到了玛尔塔·哈拉德手上，她准要拎着去布拉盖吃午餐。然而，自打把手包送出去，他就再没见过其中任何一个。不过在廷克太太心里，去当铺比蹲监狱还丢人，所以格兰特丝毫不认为她会把礼物当了。他推断，那些手包应该还全须全尾地躺在她家某个抽屉里，连外包装都没拆。可能她会时不时拿出来给客人展示一下，或者兀自欣赏片刻，沾沾自喜一番；也可能，知道它们好好地躺在抽屉里就能让她心满意足，就像有些人知道自己存好了"棺材本"心里就踏实一样。下次圣诞节，他打算撬开这个常年为她做牛做马的旧袋子，往放零钱的夹层里塞点东西。当然啦，这些钱到头来都会被她挥霍在微不足道的小事上，最后连她自己都不晓得把这些钱花在了哪儿。但也许，这些像小亮片一样装点了日常生活的小小满足感，远比抽屉里不见天日的精美藏品带给人的抽象的充实感有价值。

廷克太太走了，踢踏的脚步声应和着紧身裙的吱呀声，仿佛一首协奏曲。格兰特再次拿起坦纳先生的著作，试图从中吸取一点坦纳先生对整个人类族群的兴趣，提一提自己的思想高度，但发现很难。不管从天性还是专业角度出发，他都对全人类的大问题毫不关心；不管是天生的秉性还是后天培养的兴趣都让他更偏向一个个实在的人。他艰难地翻阅着坦纳先生的统计数据，期待能看到国王躲在橡树上[①]，或是扫帚绑在桅杆头[②]，又或是高地步兵抓住冲锋骑兵的马镫[③]的场景。不过，他也不是全无收获，至少知道了 15 世纪的英格兰人"只在忏悔时喝白水"。看来，理查三世时代的英格兰劳动人民是整个欧洲大陆羡慕的对象。坦纳先生引用了那个时代一名法国人的说法。

　　　　法兰西国王强迫人民以他肆意规定的价格从他手中购买食盐，不得私下买卖。军队强拿硬要，从不付钱，稍有不满

---

① 1651 年，在伍斯特战役中落败的英王查理二世与保王党成员逃至什罗普郡的博斯科贝尔（Boscobel），并曾藏在当地一处木结构农舍旁的橡树上躲避议会军的抓捕。
② 海军习俗，代表已"扫清海面上的所有敌人"，意为任务圆满完成。
③ 1815 年的滑铁卢战役中，英陆军第 92 步兵团（戈登高地人团）的部分步兵曾在皇家苏格兰骑兵团冲锋时抓住过路骑兵的马镫，和他们一同闯入法军阵列进行厮杀。

就打砸抢夺。种葡萄要上交收成的四分之一。所有城镇每年都要缴纳巨额财物供养王军。农民的生活举步维艰，凄惨无比。他们穿不起羊毛衣服，只能用粗抹布缝制坎肩蔽体。裤子只有半截，小腿光秃秃地露在外面。女人们全都光着脚。人民吃不起肉，只有汤里漂着些许培根的油水。贵族的境况也没好到哪里，受了指控就被带去秘密审判，很可能就此一去不返。

英格兰却完全不同。只要主人尚在，没人能抢走他的家产。国王不能私征赋税，不能擅改法律，也不能制定新法。英国人只在忏悔时喝白水。他们能吃上各种各样的肉和鱼，全身穿戴体面的羊毛衣物，各种生活用品一应俱全。除非去普通法院提起诉讼，否则没人能随意指控英格兰公民。

在格兰特看来，如果你手头拮据，又想去看看你的丽兹的第一个孩子长什么样，那么在知道自己不必担心盘缠，因为沿路的每个宗教场所都会伸出援手让你能填饱肚子、落脚歇息的时候，一定会感到非常安心吧。在这一点上，昨晚伴随他入睡的那个绿色的英格兰自是有资本感到骄傲。

他翻阅着描述 15 世纪的篇章，寻找个体化的信息，期待它们的鲜活能像聚光灯打出的光斑一样照亮舞台上那应照亮的部分。令人扼腕的是，尊敬的坦纳先生十分执拗地将叙事聚焦于大局。他坦言理查三世召开的唯一一次议会可谓英格兰有史以来最自由、最进步的一次，却也惋惜虽然理查三世明确表露出对公共福利的关注，但他个人的罪行却阻碍了他继续推行造福民众的政策。这似乎就是坦纳先生对理查三世的全部评价。除了帕斯顿家族成员那横跨世纪的持续交流外，这部记述人类活动的著作里鲜见人类的身影。

格兰特探手翻找《雷比的玫瑰》，任由这本书从胸前滑落。

第五章

《雷比的玫瑰》其实是本虚构小说，但至少比坦纳的英格兰宪法史好读多了。更难能可贵的是，它作为历史小说，对历史称得上忠实，可以说是"带有对话的历史"。它是一部充满想象力的传记，而不是虚构的故事。作者伊夫琳·佩恩－埃利斯提供了每个人物的肖像和他们的族谱。遣词用句，用他和表妹劳拉小时候的话来说，并没有刻意"端着"，没有什么"我们的女主人"，也没有文绉绉的"然则"和"鄙人"。这是一部有自知之明的诚实的作品。

并且它的原则比坦纳先生的更能启迪人心。

可谓云泥之别。

格兰特一向认为，如果想了解一个人却无法从他自身入手，那么最好的办法就是去了解他的母亲，如此便可大致窥见那个人的品性。

于是，他很乐意在玛尔塔为他找来无错无过的圣人托马斯·莫尔对于理查三世的评说之前，先去会会约克公爵夫人塞西莉·内维尔[①]。

他看了眼族谱后暗叹道，如果说约克王朝的爱德华和理查作为帝王所拥有的平民经历是独一无二的，那么他们血统里的"英国性"也同样出挑。格兰特看着他们的血统承袭，惊叹不已。内维尔、菲查伦、珀西、霍兰、莫蒂默、克利福德、奥德利[②]，当然还有金雀花。伊丽莎白女王自诩纯血统的英格兰人，如果威尔士也算英格兰的一部分，那倒不假。但在"诺曼征服"到"农民乔治"[③]之间所有混了法国、西班牙、丹麦、荷兰、葡萄牙血脉的混血君主中，爱德华四世和理查三世的本土血统之纯可谓出类拔萃。

格兰特还注意到，两兄弟的父族与母族都是王家后裔。塞西莉·内维尔的外祖父冈特的约翰是爱德华三世的第三子，同时也是兰开斯特家族的始祖；而她丈夫约克公爵理查的父系与母系祖先也分别源于爱德华三世的另外两个儿子。因此，爱德华三世的五个儿子里，有三个儿子的血脉都汇入了这两兄弟的血肉中。

"生在内维尔家族，"佩恩－埃利斯写道，"就有了某种程度的重要性，因为他们雄踞一方，家世显赫。生在内维尔家族，几乎一定相貌出众，因为内维尔家人向来有一副好皮囊。生在内维尔家族，意味着独具风情，因为内维尔家人往往有独特的秉性和出挑

---

① 约克公爵夫人塞西莉·内维尔：第三代约克公爵理查·金雀花的妻子，英王爱德华四世和理查三世的母亲。
② 均为英格兰历史悠久的显贵姓氏。
③ 指乔治三世（1738—1820）。汉诺威选帝侯，后加冕为英国国王，是汉诺威王朝的第三位君主。他因对农业事务的大力推进而获得"农民乔治"的称呼。

的气质。塞西莉将内维尔家族的三大特质完美地集于一身，早在北方被迫在红、白玫瑰阵营之间做出选择之前，就已是北方唯一的玫瑰。"

佩恩－埃利斯小姐将塞西莉·内维尔与约克公爵理查·金雀花的结合归于两情相悦的爱情。格兰特最初对此不屑一顾，可后来却注意到了这段婚姻的结晶。在15世纪，家里年年添丁，除了夫妻俩生育力旺盛之外并不能说明什么。塞西莉·内维尔和她英俊的丈夫能够共同耕耘出这么大的一个家庭，只能说明他们住在一起，不能当作爱情存在的证据。然而，在那个普遍要求妻子温顺地待在家中打理内宅的时代，塞西莉·内维尔却经常在丈夫的陪伴下外出旅行，这无疑是极不寻常的，足以说明夫妻俩确实琴瑟和鸣。孩子们的出生地见证了这种旅行的长度与广度。他们的长女安妮出生于北安普敦郡的福瑟临黑，早夭的亨利出生于哈特菲尔德，爱德华则出生于鲁昂①，当时约克公爵正在那里担任公职，埃德蒙和伊丽莎白也生在鲁昂，玛格丽特在福瑟临黑，早夭的约翰在威尔士的尼思，乔治在都柏林（格兰特不禁怀疑，这莫非就是乔治那难以言喻的爱尔兰式乖张秉性的由来？），理查又在福瑟临黑。

塞西莉·内维尔并没有枯坐在北安普敦郡的家中等待她的公爵丈夫心血来潮的来访，而是陪着他走遍了他们栖身的世界。佩恩－埃利斯小姐的理论得到了有力的支持。

① 鲁昂（Rouen）：法国西北部城市，滨海塞纳省省会及诺曼底大区首府。

再挑剔的人也不得不承认，这显然是一桩非常成功的婚姻。

而这也许就是爱德华如此在意家人，每天都去帕斯顿宅看望弟弟的原因。他们在经历磨难之前就相亲相爱。

格兰特翻过书页，骤然出现的一封书信证实了这一切猜想。信是当时正在拉德洛城堡上课的约克家长子爱德华和次子埃德蒙写给他们的父亲的。复活节的星期六，男孩们趁一位信使返乡的机会朝父亲大吐苦水，抱怨他们的老师实在"可憎"，恳请父亲倾听信使威廉·史密斯的描述，因为他明白他们受了多大的委屈。这封求救信格式工整，行文恭谨，只是最后的附言有些坏了格调。他们感谢父亲寄来衣物的同时，又指出他忘了寄他们的祈祷书。

严谨的佩恩-埃利斯小姐提供了这封信的出处（似乎出自科顿①的手稿收藏）。他放慢阅读速度，试图获取更多信息。警察总是十分重视事实证据的。

他虽然没有如愿，却意外发现了一幕生动的家庭生活图景：

> 公爵夫人走进伦敦12月稀薄而刺眼的晨光里，在台阶上站定，为丈夫、哥哥和儿子送行。德克和他的侄子们把马牵进院子，惊得原本歇在鹅卵石地上的鸽子和叽叽喳喳的麻雀慌忙扑腾起翅膀，四下飞散。她看着丈夫翻身上马，瞧着他一如平常的沉稳神色，恍惚以为他不是要出征，而只是骑马去福瑟临黑看几只新买的公羊。她哥哥索尔兹伯里伯爵是典型的内维尔家族人，脾气阴晴不定，可这会儿却隐隐嗅到了

① 科顿：罗伯特·科顿爵士（Sir Robert Cotton, 1571—1631），第一代坎宁顿准男爵，英国古文物研究者、收藏家，曾当选议会议员。

场合的非比寻常，于是没有搅场。她看着他们俩，在心里对他们笑了笑。她放心不下的是埃德蒙。十七岁的埃德蒙身形单薄，没经过什么风浪，非常脆弱。这是他第一次出征，一张脸因满满的自豪与兴奋而涨得通红。她想叮嘱丈夫照顾好埃德蒙，却不能这样做。因为她的丈夫无法体会她的心情，而埃德蒙若察觉了，也会大动肝火。既然只比他大一岁的爱德华都能领着自己的军队在威尔士边境作战，他埃德蒙如何上不得战场？

　　她侧眼看了看跟着她出来的三个年幼的孩子。玛格丽特和乔治长得结实又漂亮，身后照例跟着一条小尾巴，那是她最小的孩子理查。理查有着深色的眉毛和棕色的头发，看上去就像个外人。十四岁的玛格丽特天性善良、粗枝大叶，这会儿正睁着一双湿漉漉的大眼睛望着他们。乔治的眼神里则带着汹涌的羡慕和狂野的叛逆，但他只有十一岁，没办法参与这一场武斗。瘦小的理查脸上没有流露一丝兴奋的情绪，但他母亲却发现他像一只被轻轻敲响的小鼓，微微震颤。

　　三匹马在踢踢踏踏的马蹄声和叮叮当当的铜铃声中走出院子，与等在路边的仆从会合。孩子们蹦蹦跳跳地叫着喊着，一个劲儿挥舞着小手送他们走出大门。

　　塞西莉已为太多的男人和家人送过行，但此刻返身回屋的时候，内心却异常沉重。会是谁？她不愿，却不禁去想，会是谁一去不返？

此时的她没能料到，事情远比她想象的可怕：他们三人全都一去不返，自此天人永隔。

这年年底，她丈夫的首级被人砍下并侮辱性地戴上一顶纸王冠，挂在约克郡的米克盖特门上示众。她兄长和儿子的头颅则被钉在另外两扇大门上。[①]

那送行的一幕或许是虚构的，但它对理查的描写却颇具启发性：一家子金发中的棕发男孩。那个"看上去像外人"的人，那个"调换儿"[②]。

格兰特暂时不管塞西莉·内维尔，翻书搜索描写她儿子理查的部分。只是佩恩－埃利斯小姐似乎对理查不太感兴趣，毕竟他只是家里的小尾巴。与他截然相反的那位意气飞扬的青年俊杰更符合她的口味。爱德华光芒四射，与索尔兹伯里伯爵的儿子、内维尔家族的表兄沃里克伯爵[③]一起打赢了陶顿战役[④]。尽管兰开斯特派对约克党人的血腥屠杀还历历在目，父亲的头颅依旧高悬城头，他还是表现出了自身特有的宽厚本性。他赦免了所有投降的战败者，

① 该场面描绘的是 1460 年发生在西约克郡韦克菲尔德的韦克菲尔德战役。韦克菲尔德战役是玫瑰战争中的重要战役，导致了第三代约克公爵理查·金雀花及其次子拉特兰伯爵埃德蒙、索尔兹伯里伯爵理查·内维尔阵亡。此后，约克公爵之子爱德华成为约克派领袖，最后成功夺位，成为爱德华四世。
② 西欧民俗传说和信仰中的生物，通常被描述为小妖精、巨怪、精灵或其他传说生物的后代。这些生物被秘密地以人类婴孩的身份留在人类家庭中。调换儿也可能是由一段被施法的木头幻化而成，但最终会衰弱至死。这个概念在中世纪文学中非常常见，反映了当时人们对未知疾病或智力不足的孩子的关注。
③ 沃里克伯爵：理查德·内维尔（Richard Neville, 1428—1471），第十六代沃里克伯爵，英格兰大贵族。玫瑰战争期间帮助爱德华四世夺得王位。后与爱德华四世反目。
④ 1461 年 3 月，约克家族和兰开斯特家族在约克郡的陶顿地区打响一场战役，是玫瑰战争中决定性的战役。

在威斯敏斯特教堂加冕为英格兰国王（流亡荷兰乌得勒支①的两个小男孩也回到英格兰，分别获封克拉伦斯公爵和格洛斯特公爵）。他在福瑟临黑的教堂里为父亲和弟弟埃德蒙举行了隆重的葬礼（不过护送这支悲戚的送葬队伍从约克郡出发，在7月的烈阳下赶路五天抵达北安普敦郡的是时年十三岁的理查。此时距离他站在伦敦贝纳德城堡的台阶上目送父兄骑马出征已过去了将近六年）。

此后，佩恩－埃利斯小姐一直没有提到理查，直等爱德华当了好一段时间的国王，才让理查重新出场。那时，他正在约克郡的米德尔赫姆②与内维尔家族的表侄们一起上课。

理查骑着马，从文斯利代尔谷③灿烂的阳光和飞扬的风儿中走入城门下的阴凉，发觉城堡里的气氛似乎有些异样。原本在门房里聊得热火朝天的卫兵们见他过来，竟一下露出窘迫的神色，齐刷刷地闭了嘴。他在突如其来的死寂中来到静悄悄的院子里。真奇怪，往常这个时候，院子里可是热闹得很。时近晚餐，米德尔赫姆的居民们习惯在这个时候带着辘辘饥肠放下手中的活计赶回家中，正如他现在肚子空空地赶着时辰回来吃饭。正因如此，此刻横亘在眼前的寂静和冷清极不寻常。他牵着马来到马厩，发现这里空空荡荡，竟没有仆人接过他的缰绳。他只好自己动

---

① 乌得勒支（Utrecht）：荷兰中部城市，重要港口，现为乌得勒支省省会。
② 米德尔赫姆（Middleham）：英格兰北约克郡下里士满郡区的一个小镇和民政教区。
③ 文斯利代尔谷（Wensleydale）：亦译温斯利代尔，英格兰北约克郡的一个山谷，当地生产的奶酪十分有名。

手卸下马鞍，忽然察觉隔壁隔间里多了一匹陌生的栗色马儿。只见它累得连饭也吃不下，脑袋有气无力地耷拉在两只前腿中间。

理查给自己的马擦干净身子，抬手揉了揉马背，又给它添了些干草和清水就离开了，心里还琢磨着这匹累坏的马儿和四周诡异的寂静究竟是怎么回事。他走到门口，听见远处主厅里传来说话声，于是停下脚步，犹豫着是否要过去看一眼再上楼回房。此时，一个声音在头顶响起："嘘——"

他闻声抬头，看见表妹安妮①正从楼梯扶手上方探出头来俯视着他，两条漂亮的长辫像铃铛绳一样垂落下来。

"理查！"她压低声音喊道，"你听说了吗？"

"听说什么？"他问，"出什么事了？"

他走上楼梯，不料被她一把抓过手，连拖带拽地往屋顶的讲堂奔去。

"到底怎么了？"他慌忙后仰，试图止住她往前冲的势头，"什么天大的事情不能在这儿说？"

安妮一阵风似的把理查拉进讲堂，反手关上了门。

"是爱德华！"

"爱德华？他病了？"

"不是！他闹了丑闻！"

"哦。"理查松了口气。爱德华闹丑闻已经是家常便饭了。"怎么？他又有新情妇了？"

"严重多了！唉，比这严重得多，多得多得多！他结婚了！"

---

① 指安妮·内维尔。

"结婚了？"由于太过惊讶，理查的声音反而显得十分镇定，"不可能。"

"怎么不可能？一小时前刚从伦敦传来的消息。"

"绝对不可能。"理查执意道，"国王要结婚，流程可长着呢。要订约，要讨论大大小小的事情，达成一致。好像还得过议会的明面。你怎么会觉得他结婚了？"

"不是我'觉得'！"见理查对自己的大张挞伐毫不买账，安妮已有些不耐烦了，"这会儿全家人都在大厅里嚷嚷呢。"

"安妮！你去偷听了？"

"别在这假正经。他们喊得那么大声，隔条河都能听见，我都犯不着费心思偷听。他娶了格雷夫人！"

"格雷夫人是谁？格罗比的格雷夫人？"

"就是她。"

"怎么可能呢？她年纪不小了，还带着两个孩子。"

"比爱德华大五岁，长得很漂亮。我听他们说的。"

"什么时候的事？"

"都五个月了。他们在北安普敦秘密结的婚。"

"可我听说他要娶的是法兰西国王的妹妹①呀。"

"可不是嘛。"安妮意味深长地说，"我父亲也是这么想的。"

"是呀，是呀！你父亲肯定觉得下不来台吧？他和法

---

① 指萨伏依的博娜（Bona of Savoy, 1449—1503），意大利萨伏依公爵路德维克的女儿。

兰西谈了那么久。"

"伦敦来的信使说他发了好大的火。下不来台是一方面，更要命的是，我听说格雷夫人那一大家子亲戚没一个人入得了他的眼。"

"爱德华肯定是中邪了。"理查把哥哥当英雄崇拜，自然认为爱德华做什么都是对的。他之所以干出这种明显理所难容的荒唐事，只能是因为他中邪了。

"母亲会伤心死的。"他说。他想到了父亲和埃德蒙战死的消息传来，兰开斯特军兵临伦敦城下时，母亲那勇敢而坚毅的身影。她没有流泪，也没有自怨自怜，而是冷静地安排他和乔治去乌得勒支避难，仿佛只是送他们去上学。这或许会是他们今生最后一次相见，可她却临危不乱，硬下心肠雷厉风行地为他们准备御寒的衣物，好让他们在冰天雪地里漂洋过海时不必忍饥受冻。

她已经承受了这么多，如何再经受这当头一棒？太荒唐了，捅出那么大的篓子叫人补。太愚蠢了，伤了那么多人的心。

"是啊。"安妮也不禁放软了声音，"可怜的塞西莉姑姑。爱德华怎么能这样捅我们的心窝子？太过分了，过分！"

但是，爱德华依旧是完美无瑕的，他就算做了错事，也是因为病了，中邪了，或是被人下了咒。理查仍旧向着爱德华，全心全意、顶礼膜拜地忠于爱德华。

经年以后，这份忠诚逐渐演变成成年人之间的认可与接受，却也终其一生未曾有分毫衰减。

故事接着讲述塞西莉·内维尔所经受的磨难，以及她为了缓和儿子爱德华和侄子沃里克伯爵之间的关系而做的努力。闹出这样的事，爱德华是欣然自喜中带了一丝愧疚，沃里克伯爵则是怒不可遏。佩恩－埃利斯小姐还用很长的篇幅描写了那位拥有一头"鎏金"秀发而闻名遐迩的美人，夸她贤良淑德，成就了众多其他的高雅淑女未能成就之事，登上了后位。她还描写了她在雷丁修道院①加冕的场景②（沃里克伯爵黑着脸，一声不吭地领着她走向高座，无法不去注意前来观摩伊丽莎白成为英格兰王后的伍德维尔那一大家子）。

理查下一次出现时，正身无分文地坐在一条恰好停在林恩③港口的荷兰船上，等着启航出海。与他同行的还有兄长爱德华、他的朋友黑斯廷斯勋爵和一些拥趸。几个人除了身上的行头别无长物。经过一番讨价还价，船长同意接受爱德华的毛皮斗篷充抵船资。

沃里克伯爵已对伍德维尔家族忍无可忍。他既然能帮表弟爱德华登上英格兰王位，自然也能轻而易举地将他从王座上掀下来。为此，他率领整个内维尔家族举起反旗，甚至还成功策反了不可理喻的乔治积极为他助力。相比效忠于哥哥爱德华，乔治更乐意迎娶沃里克公爵的另一个女儿伊莎贝尔，继承蒙塔古、内维尔和比彻姆家一半的土地。沃里克伯爵的忽然发难令整个英格兰措手不及。他只用了

---

① 雷丁修道院（Reading Abbey）：位于英格兰伯克郡城市雷丁的一座大型修道院，现已只剩遗址。

② 1464 年的米迦勒节，爱德华四世正式公布了自己的婚姻。当时的英格兰宫廷正在雷丁，便由克拉伦斯公爵乔治和沃里克伯爵理查德·内维尔领着伊丽莎白·伍德维尔进入公众视野，但正式的王后加冕礼是 1465 年 5 月 26 日在伦敦的威斯敏斯特教堂举行的。

③ 林恩（Lynn）：今位于英格兰东部诺福克郡的金斯林，中世纪时期是英国的重要港口。

短短十一天便将它收入囊中，逼得爱德华和理查败走荷兰，在10月的阿尔克马尔①和海牙②之间的泥泞土地里艰难跋涉。

自此，理查的身影再没淡出过故事。他陪伴爱德华在布鲁日度过了一整个沉闷的冬天，与玛格丽特待在一起。当年与他一起站在贝纳德城堡的台阶上睁着湿漉漉的大眼睛目送父亲骑马远去的那个善良的玛格丽特，如今已是勃艮第公爵的新夫人了。玛格丽特，善良的玛格丽特，她与此后的许多人一样，对乔治令人费解的行为感到沮丧与失望。她产生了一种使命感，开始不遗余力地为两个更出色的兄弟筹措资金。

玛格丽特花钱为兄弟俩雇了船。饶是佩恩－埃利斯小姐如此折服于爱德华的无限魅力，也不得不舍出些笔墨，指出真正鞍前马后将船全副武装的人是那时还不满十八岁的理查。爱德华带着少得离谱的一小撮追随者，又一次在英格兰的草地上安营扎寨时，面对的却是乔治率领的大军。危急之时，又是理查挺身而出，前往乔治的营地劝说已被玛格丽特软化的乔治再次站到兄弟这一边来，从而扫清了他们挺进伦敦的道路。

这最后一桩也没什么了不起的，格兰特心里嘀咕，反正乔治最是好摆布。他天生耳根子软。

---

① 阿尔克马尔（Alkmaar）：荷兰北荷兰省的一座城市。
② 海牙（The Hague）：荷兰南荷兰省的省会。

第六章

第二天上午11点左右，格兰特还没看完《雷比的玫瑰》，也没充分享受虚构的情节带来的私人乐趣，就接到了玛尔塔寄来的包裹。里面是圣人托马斯爵士记录的历史，值得他拿出更为恭敬的态度赏读。

随书还附了一张纸条，玛尔塔从她的高档便笺本上撕下了一张纸，用龙飞凤舞的大字写道：

没法亲自送过去，只好用寄的。忙疯了。我感觉马小姐①已经快答应帮我写布莱辛顿那部戏了。书店里找不到莫尔的大作，我就去公共图书馆碰了碰运气。想不通为什么大家都下意识忽略那地方，可能觉得那

---

① 指第二章提到的马德琳·马奇。

里的书都破破烂烂的吧。我给你找了本干净利落的。期限是十四天。这话听着不像借书，倒像是判刑。希望你对这"驼背"的兴趣意味着那些"针扎"没那么磨人了。回见。

玛尔塔

书除了有点儿旧，看着确实干净利落，只是与方才那轻快的"玫瑰"一对比，排版着实显得无趣，密密麻麻的段落也叫人望而生畏。尽管如此，格兰特还是带着兴趣一头扎了进去，毕竟它是关于理查三世的"一手资料"。

一小时后，他带着迷茫与困惑从书里抬起了头。他诧异的不是书里罗列的事实，毕竟它们大都在意料之中。他只是没想到托马斯爵士用了这样的描述方式：

> 夜晚，他总是胡思乱想、寝不安席。他忧心忡忡、疑神疑鬼，身心极度疲惫，无法深睡，只得浅眠。他惊惶不安的内心日复一日地重现那桩滔天罪孽的场面。那单调的惊怖叫他备受折磨，惶惶不可终日。

这么写也倒罢了，可他竟然又接着说"这是从他的贴身侍从那里了解到的"，看得格兰特直反胃。这满页的大字都透露出一股仆人在背后扯主家闲话的感觉。讲述者那自以为是的嘴脸让原本站在他这边的格兰特不自觉地同情起那个备受折磨的失眠患者来。这个杀人犯的品格好像比评述他的人更加高尚。

一点都说不通。

　　这种感觉就像格兰特听证人讲了一个完美的故事，却心知肚明地知道里头一定有破绽。

　　可这实在太奇怪了。托马斯·莫尔的正直是出了名的，并且四个世纪以来一直备受推崇，这样一个人对他人的亲笔记述能有什么问题呢？

　　格兰特想，莫尔笔下的理查和护士长讲述的形象差不多。他敏感多疑、罪大恶极的同时，内心也备受煎熬。"他自从造了孽就心神不定、草木皆兵。每逢外出，他的眼睛总是滴溜溜地到处转。他内穿护甲，手按着匕首，神情举止满是戒备，随时准备发起攻击。"

　　他自然也提到了那歇斯底里的戏剧性场面。那个格兰特自上学时就听过，并且每个学生应该都记得的经典场面，那个理查登基前，在伦敦塔开会议事的场面。他突然向黑斯廷斯勋爵发难，质问他该如何处置一个意图谋害护国公的人。他口出狂言，咬定爱德华的王后和情妇（简·肖尔）使用巫术让他的手臂萎缩。他大发雷霆，猛地一拍桌案，发出信号叫全副武装的侍卫冲进来抓捕黑斯廷斯勋爵、斯坦利勋爵和伊利主教约翰·莫顿。很快，黑斯廷斯被押到院子里，伏在附近一根长木头上被砍了脑袋，临刑前只有时间随意找一个牧师做短暂的告解。

　　这一连串的场景无疑展现了理查在愤怒、恐惧、报复心理的裹挟下冲动行事，事后却懊悔不已的鲁莽形象。

　　可与此同时，他似乎又是个心思缜密、城府极深的人。6月22日，他安排市长的弟弟——神学博士肖，在圣保罗大教堂的十字架下布道,宣讲的教义是:杂种的苗裔,根不深,基不稳①。肖博士宣称,爱德华和乔治都是约克公爵夫人与外人通奸生下的儿子,只有理查是约克公爵和公爵夫人唯一的合法子嗣。

这简直太荒谬,太匪夷所思了。格兰特难以置信地又读了一遍,但书上确实是这么写的。理查居然为了物质利益,不惜在大庭广众之下诋毁自己的母亲,行事之歹毒叫人备感荒谬。

可这就是托马斯·莫尔爵士嘴里的事实。此事荒不荒谬,托马斯·莫尔爵士应该最清楚。怎么判断一种说法可不可信,要不要采纳,英格兰大法官托马斯·莫尔应该也最清楚。

托马斯爵士说,理查的母亲痛诉了儿子对她的诽谤。总的来说,格兰特觉得可以理解。

至于肖博士,他则沉溺在羞愧之中无法自拔。以至于"几天之后,他就枯萎凋零,撒手人寰"了。

估计是中风了,格兰特又想。也是难为他了,站在伦敦的人群中讲述那样一个故事,一定需要莫大的勇气。

托马斯爵士对塔中王子的描述符合"亚马逊"的说法,只是更为详细。理查曾暗示伦敦塔司厩长②罗伯特·布拉肯伯里除掉两位王子,但后者不肯参与进来。于是他只能暂时作罢,直至巡视到沃里克时才派蒂勒尔带着命令赶回伦敦塔,接管了伦敦塔的钥匙一晚。而就在那晚,马夫戴顿和侍卫福雷斯特这两个恶棍掐死了那两个男孩。

---

① 译者此处采用思高版《圣经》的译文。
② 司厩长(Constable):英国中世纪的司厩长通常是负责守卫国王或贵族城堡、军事堡垒、领地的治安总管。

此时，"小矮人"端着格兰特的午餐走进来，从他手中抽走了那本书。格兰特又起一块牧羊人派①，送进嘴里，又想起了那个罪人的脸。从前那个忠诚而克制的小弟弟摇身一变，成了弑亲夺位的恶魔。

等"小矮人"回来取餐盘时，格兰特开口问道："你知道吗？理查三世在当时其实很受拥戴。我是说他加冕之前。"

"小矮人"鄙夷地瞥了眼肖像。

"要我说，他向来是条毒蛇，只是藏得深。有个词叫'老奸巨猾'，形容他再贴切不过。一直趴在草丛里等待时机。"

可他等待什么时机呢？格兰特在"小矮人"离去的脚步声中想。他怎能料到哥哥爱德华会在四十岁出头就患急病骤亡？又怎能料到乔治会一步一步走向灭亡（更何况他俩小时候非常亲密），还让两个孩子也没了继承权？如果他压根没有机会可等，那"等待时机"又有什么意义？那位贤良淑德的金发美人除了偏袒自家人外，也不失为一位值得敬重的王后。她为爱德华生了一大群健康的孩子，其中还有两个男孩。爱德华那一大家子，还有乔治的儿女们，全都挡在理查和王位之间。而他本人要么忙于治理英格兰北方，要么忙于和苏格兰人作战（并且取得了赫赫战功），如何还能分出心思去"老奸巨猾"？

那么，究竟是什么让他在如此短的时间里发生了翻

---

① 牧羊人派：一种英国传统料理。

天覆地的变化？

　　格兰特翻开《雷比的玫瑰》，想看看佩恩－埃利斯小姐如何看待塞西莉·内维尔的小儿子这令人扼腕的转变。但是，这位狡猾的作者却在这个问题上钻了空子。因为她想写一本愉快的书，可若是照事情原本的走向写下去，只能得到一部悲剧。因此，她用爱德华自己的第一个孩子——年轻的伊丽莎白举办的社交亮相舞会作结，用一个铿锵有力的大和弦结束了这部作品。这样既规避了伊丽莎白那两个小弟弟的悲剧，也避免了理查战败身亡的结局。

　　于是，这本书的结尾是一场宫廷宴会。年轻的伊丽莎白穿着崭新的白色连衣裙，戴着自己的第一条珍珠项链，春风满面，像童话里的公主一样翩翩起舞。理查和安妮夫妇也带着他们孱弱的儿子从米德尔赫姆赶来，只是不见乔治和伊莎贝尔的身影。伊莎贝尔多年前悄然死于难产，至少乔治觉得大家对她惨遭迫害无动于衷。乔治自己也死得悄无声息，带着他特有的乖张，也因此获得了"不朽"的名声。

　　乔治的一生像在不断创造更恢宏的精神冲击。他的家人每承受过一次就会说："这次肯定是最离谱的了，饶是乔治也干不出更惊世骇俗的事了。"但乔治每次都能带给他们新的惊喜。他胡作非为的能力是无极限的。

　　这颗种子或许早在他与岳父沃里克伯爵联手，第一次背叛自己的亲哥哥时就已种下。沃里克为了报复表弟爱德华，把荒唐又可怜的傀儡国王亨利六世重新丢上王位，又把乔治立为王储。然而，沃里克让女儿登上后位的期望也好，乔治对王位的渴求也好，统统在理查奔赴兰开斯特军的帅帐与乔治谈判的那一晚化为泡影。只是，权利所带来的甜头对于一个爱吃甜食的人来说是无法抗拒的。往后的日子里，他的家人们不是在想方设法阻止他闹出荒唐事，就是在收拾他刚惹出来的烂摊子。

伊莎贝尔死后，乔治一口咬定她和刚出世的儿子是遭了两个侍女的毒害。爱德华认为谋杀王室成员兹事体大，下了一份令状要伦敦的法庭审理此事，不料乔治已在自己的地盘上操纵了一次小型审判，迅速绞死了她们。恼怒的爱德华为了惩戒乔治，就以谋逆罪法办了他的两个下属。可乔治却没有理会爱德华的敲打，反而到处宣扬爱德华此举为借司法之名行谋杀之实，明晃晃留下了大不敬的口实。

接着，乔治求娶欧洲最富有的女继承人，即姐姐玛格丽特的继女：勃艮第的玛丽。善良的玛格丽特倒是觉得让弟弟留在勃艮第也不错，但爱德华却转而支持了奥地利的马克西米利安①。乔治的处境一直很尴尬。

乔治对勃艮第的谋求最终化为乌有，家里人都觉得他总该消停一会儿了。毕竟，他拥有内维尔家族一半的土地，无须为了求财或求嗣而寻求再婚。可乔治却不这么想。他又有了新主意：迎娶苏格兰国王詹姆斯三世的妹妹玛格丽特。

他的"狂妄自大"从私自与外国宫廷进行秘密谈判，

---

① 马克西米利安：马克西米利安一世（1459—1519），神圣罗马帝国皇帝、罗马人民的国王，1493 年至 1519 年为奥地利大公，也被称作"马克西米利安大帝"。

发展到公然展示亨利六世复位期间由兰开斯特派通过的议会法案，宣称自己是亨利六世的继承人。这些行为又把他送上了另一次议会，只是这次的议会可没那么好说话了。

这场审判火药味十足，充斥着爱德华和乔治兄弟俩激烈而冗长的唇枪舌剑。议会不出所料地定了乔治的罪并剥夺了他的公权，只是事情在这之后便陷入了停顿。因为剥夺乔治的身份地位是众望所归，也是必须为之，但处决他就是另外一回事了。

几天过去，判决仍未执行，于是下议院发出催促。第二天，克拉伦斯公爵乔治被宣布已于伦敦塔身亡。

伦敦人说他淹死在了一桶马姆齐甜酒里，但这不过是众人在调侃一个酒鬼的下场，却不料竟被载入史册，让本该湮没在历史中的乔治获得了"永生"。

这也是乔治没有出席威斯敏斯特的宴会的原因。佩恩－埃利斯小姐将最后一章的重心放在了塞西莉·内维尔上，但不是作为几个儿子的母亲，而是一群好孩子的祖母。乔治或许死得声名狼藉、众叛亲离，但他的儿子小沃里克伯爵却是正直的好孩子；而他的女儿，年仅十岁的小玛格丽特也已显露出内维尔祖传的美人风采。埃德蒙十七岁就战死沙场，看似白白浪费了年轻的生命；但相对地，塞西莉也从未想过自己那个孱弱的小儿子竟能长大成人，甚至还有了个儿子接他的班。长到二十多岁的理查还是弱不禁风的样子，好像谁都能一下把他掰成两半，但他却像石楠的根一样坚韧。他那同样弱不禁风的儿子若是长大了，兴许也能像他一样顽强。至于爱德华，她那高大的金发爱德华，虽然俊美的皮囊逐渐膨大为肥满，友善的性情也渐渐沦为懒散，但他的两个小儿子和五个女儿却继承了双方祖先的所有品格和美貌。

作为这群孩子的祖母，塞西莉无疑可以感到自豪；而作为英格兰的王族，她也有理由感到安心。有这群孩子在，英格兰的王冠将稳稳当当地在约克家族代代相传。

倘若这时有人在宴会上用水晶球告诉塞西莉·内维尔，短短四年后，约克家族就会丢掉王冠，甚至整个金雀花王朝都就此烟消云散，她一定会认为这不是疯话就是谋反。

但佩恩－埃利斯小姐并没有刻意掩盖这次内维尔和金雀花家族的聚会里无处不在的"伍德维尔"们。

她环顾四周，由衷地希望儿媳伊丽莎白不那么偏袒家人，或是没那么多亲戚。与伍德维尔家的这桩婚姻远比所有人想象中幸福。伊丽莎白是个好媳妇，但她带来的那一大家子就不怎么样了。如今看来，自己的两个孙子注定要交给王后最年长的弟弟里弗斯伯爵管教了。虽然个性张扬炫耀的他有些像暴发户，但也算是个有教养的体面人，负责两个孩子在拉德洛的课业是绰绰有余的。至于跟着伊丽莎白的婚姻挤进官场的其他人：四个兄弟、七个姐妹，还有她和前夫生的两个儿子，就算打个半折也实在是太多了。

塞西莉的目光越过正笑闹着玩捉迷藏的孩子们，望向围绕餐桌站着的那些大孩子。安妮·伍德维尔嫁给了埃塞克斯伯爵的继承人。埃莉诺·伍德维尔嫁给了肯特伯爵的继承人。玛格丽特·伍德维尔嫁给了阿伦德尔伯爵的继承人。凯瑟琳·伍德维尔嫁给了白金汉公爵。雅凯特·伍德维尔嫁给了斯特兰奇勋爵。玛丽·伍德维尔嫁给了赫伯特勋爵的继承人。约翰·伍德维尔则很不光彩地娶了诺福克伯爵的遗孀——后者的年龄都能当他的祖母了。新鲜血液的融入能巩固古老的家族，这本是好事，古往今来也确实有新鲜血液不断渗透进来，可若它们一下子如洪水一样涌入，并且全都来自同一个源头，那就不好了。它就如外来的血液流进本国的政治脉络，会引起热症，而且难以同化。

　　不过往后的日子还长，有的是时间去慢慢消化这些外来血液，让突然涌入宫廷的这股力量不再那么集中。他们会分散开来，稳定下来，不再那么危险和叫人忧心。爱德华虽然友善宽容，但却不糊涂。他会像近二十年一样多方制衡，让国家平稳地运行下去。没人能像她那精明、懒散又贪色的爱德华一样专横却又游刃有余地治理英格兰。

　　一切都会好起来的。

　　她准备起身去和孩子们一起讨论甜点，但要拿捏一下分寸，不要显得太刻薄或冷淡。可就在这时，孙女伊丽莎白咯咯笑着从捉迷藏的混战里气喘吁吁地跑出来，毫不客气地一把将身子甩进塞西莉身旁的座位里。

　　"我大了，跟不上那群小家伙啦。"她喘着粗气说，"而且还会搞坏衣服。看，祖母，我的衣服好不好看？我缠了父亲好久，好不容易才得来的。他非说我穿那条茶色缎子裙就好，就是我在玛格丽特姑姑从勃艮第来看我们的时候穿的那件。有个总把女人的穿衣打扮看在眼里的父亲真讨厌，哪个人衣橱里有什么，他全都知道。对了，祖母，您听说了吗？
王太子不要我啦①。父亲气得发疯，但我可高兴坏了，
一口气给圣凯瑟琳供了十根蜡烛，把零花钱都花光啦。
我不想离开英格兰，我想在英格兰待一辈子。祖母，
您能不能帮帮我呀？"

塞西莉笑着说她试试看。

"老安卡列特，就是那个算命的，她说我以后会
当王后。可现在没有王子来娶我了呀，也不知道我怎
么当王后。"说到这里，她顿了顿，然后压低声音补
充道，"她说我当的是英格兰的王后。但我觉得她八
成是喝醉了。她可喜欢喝甜药酒啦。"

如果佩恩－埃利斯小姐身为作者，没有准备好直面横
亘在中间的种种不愉快，就不应该暗示伊丽莎白成为亨利
七世的妻子的命运。这不公平，也不艺术。提前点破伊丽
莎白与都铎王朝首位国王的婚姻，等于预先让读者知道她
的兄弟们全都遭了谋害，如此便会让结尾的这场盛会笼上
一层阴影，时刻提醒看客后来的悲剧。

但总的来说，格兰特觉得，就他看过的内容而言，这
是个很好的故事。他打算找个时间回去好好读读先前跳过
的部分。

---

① 1475 年，法国国王路易十一同意让她嫁给自己的儿子王太子查理，但
1482 年又反悔了。

第七章

那天晚上，格兰特已经关掉床头灯躺下。谁知在半梦半醒之际，脑海里忽然炸响了一个声音："可托马斯·莫尔是亨利八世呀？"

这一炸，炸得他一个激灵，瞬间无比清醒。他一下扭亮了床头灯。

那声音的意思自然不是说托马斯·莫尔和亨利八世是同一个人，而是所谓"一只鸽子一个笼"的事。托马斯·莫尔这只"鸽子"向来是放进亨利八世那个"笼"里的。

格兰特仰面躺着，若有所思地盯着台灯映在天花板上的亮光。托马斯·莫尔是亨利八世的大法官，意味着他不仅活过了理查三世时代，还活过了亨利七世漫长的统治。总感觉不对劲。

他伸手拿过莫尔的《理查三世史》。这本书的前言简短地介绍了莫尔的生平，只是被他略过了。他打算回去拜读一下，搞清楚莫尔究竟如何既是理查三世的史学家，又是亨利八世的大法官。

理查加冕时莫尔多大？

五岁。

当伦敦塔上演那场戏剧性的会议时，托马斯·莫尔才五岁。理查在博斯沃思战死时，他才八岁。

这本书里记述的那一段历史全是道听途说。

警察最讨厌的就是道听途说，尤其还要把它当呈堂证供的时候。

格兰特恶心坏了，一把将这本珍贵的书扔到地上，随后才想起它是公共图书馆的藏书，他只是有幸借阅罢了，而且使用权只有区区十四天。

莫尔与理查三世压根没有交集，他就是在都铎王朝长大的。可他这本书却被整个史学界当成了研究理查三世时期的"圣经"。霍林斯赫德[1]写史用了它，莎士比亚又参考霍林斯赫德的史书写了戏剧。其实这本书除了莫尔相信自己写的都是事实之外，它的价值和士兵的说辞半斤八两。这就是他表妹劳拉所说的"靴子上的雪"[2]，是脱离讲述

---

[1] 霍林斯赫德：拉斐尔·霍林斯赫德（Raphael Holinshed），大约卒于1580年，英格兰编年史家，著有《英格兰、苏格兰和爱尔兰编年史》，通常称为《霍林斯赫德编年史》。他的编年史作品是莎士比亚很多剧本的主要参考来源。

[2] 1914年第一次世界大战早期，英国曾传出谣言说同为协约国的沙俄派来的军队已进入苏格兰。沙俄士兵个个身强体壮，能在严冬极寒中作战。他们正赶往西部战线驰援英国远征军，靴子上全是雪。该传闻后被证实为谣言，但当时的大众却深信不疑。"靴子上的雪"代表对难以置信的事情深信不疑的行为。

者本人之后，被所有其他人视作"绝对真理"的谣言。莫尔具有批判性思维不假，其正直的品格也着实令人钦佩，但这并不意味着他的故事能成为更真实有效的呈堂证供。许多令人钦佩的人都相信了俄国军队穿越英国的故事。格兰特和人类斗智斗勇那么久，早就学会不把那些经了好几手，这个听那个说，那个也只是好像见过或听说过的所谓"消息"当真了。

他真的恶心坏了。

他必须第一时间拿到同时代人对理查短暂统治期间发生事件的真实描述。去他的十四天，公共图书馆明天就可以把托马斯·莫尔爵士请回去。托马斯爵士是殉道者也好，伟大的思想家也罢，对他格兰特来说根本不值一提。他，艾伦·格兰特，认识的糊涂大人物可不少，一个连骗子见了都脸红的故事却把他们耍得团团转。比如说，格兰特认识的一位伟大科学家，他坚信一块黄油薄纱是他的曾祖母索菲亚，就因为普利茅斯后街里的一个文盲灵媒这么说。他还认识一位研究人类思想进化史的泰斗，因为"不信警察、坚持己见"而被一个无可救药的流氓骗了个精光。在他艾伦·格兰特看来，没什么比"大人物"更蠢，更缺乏判断力。在他艾伦·格兰特看来，托马斯·莫尔已被淘汰、取消、删除；而他，艾伦·格兰特，明早要重新出发。

他窝着一股无名火睡去，又窝着火醒来。

"你知道你的托马斯·莫尔爵士对理查三世根本一无所知吗？"大个子"亚马逊"一出现在门口，格兰特就劈头盖脸地兴师问罪道。

"亚马逊"满脸错愕，不是因为他说的话，而是因为他咄咄

逼人的气势。她的双眼湿漉漉的，好像再听一句重话就会
溢出泪水。

"他怎么不知道？"她反驳道，"他那时还活着！"

"理查死的时候他才八岁，"格兰特毫不客气地指出，
"他那些信息都是听来的。跟我一样，跟你一样，跟亲爱
的威尔·罗杰斯①一样。托马斯·莫尔爵士写的《理查三
世史》一点也不神圣，反而净是些道听途说，全是骗人的
鬼话。"

"您今早不舒服吗？"她焦急地问，"是不是发烧了？"

"烧没烧不知道，血压肯定蹿得老高。"

"天哪，天哪。"她当真了，"之前不是恢复得挺好吗？
这下英厄姆护士要伤心了。她一直夸您恢复得好呢。"

"小矮人"居然拿他当夸耀的资本，这倒是件新奇事，
但不足以取悦他。他决定竭诚暗示自己的身体发一次烧，
不为别的，就为了让"小矮人"吃一次瘪。

只是玛尔塔的晨间来访转移了他的注意力，让他没能
继续进行这项意志力能否突破物理限制的实验。

玛尔塔似乎自诩改善了他的心理健康，就像"小矮人"
自诩改善了他的身体健康。自己和詹姆斯在印刷店里忙活
出的成果竟能收到如此成效，玛尔塔非常开心。

她问："你是不是选了珀金·沃贝克？"

"没有，没选沃贝克。说说看，为什么给我带理查三

---

① 威尔·罗杰斯（Will Rogers, 1879—1935）：美国幽默作家，在20世
　纪20—30年代由于其朴素的哲学思想和揭露政治的黑暗而广受美国人
　民爱戴。他也是有名的电影演员、联合报纸专栏作家和电台评论员。

世的肖像？他身上不是没有秘密吗？"

"确实没有，可能是拿它暗示沃贝克事件了。不，等会儿。我想起来了，是詹姆斯塞进来的，说什么'既然他爱研究面相，那这张正合适'。他还说这虽然是历史上最臭名昭著的杀人犯，却长了张圣人的脸。"

"圣人！"格兰特忽然想到了什么，"'思虑过重'。"

"什么？"

"没什么，只是在回忆我对照片的第一印象罢了。你觉得他像圣人吗？"

她远远望向靠着书堆的画像："逆着光看不清。"随即拿起画像仔细打量。

这时候，格兰特忽然意识到，玛尔塔也和威廉斯巡佐一样，职业上都是要和脸孔打交道。对他们来说，眉毛的走向、嘴唇的样子，这些都代表着某种性格特征。玛尔塔甚至需要通过化装来贴合准备出演的角色。

"英厄姆护士觉得他很阴沉，达雷尔护士觉得他很恐怖，我的外科医生觉得他得过小儿麻痹症，威廉斯巡佐觉得他是个天生的法官，护士长则觉得他的灵魂备受折磨。"

玛尔塔过了好一段时间才开口："真奇怪，这张脸乍一看刻薄又多疑，甚至尖酸又好斗，可多看几眼就会发现根本不是这样。他相当平和,相当温文尔雅。或许这就是詹姆斯说他像圣人的原因。"

"不，我不这么认为。他所谓的'像圣人'，意思是秉持良知。"

"不管怎样，这是一张'脸'，不是吗？而不仅仅是一堆用来看、吃、呼吸的器官的集合。真漂亮，稍微修饰一下，或许能媲美伟大的洛伦佐①呢。"

"你就没想过这兴许就是洛伦佐，我们从头到尾都搞错人了？"

"当然不可能。你为什么会这么想？"

"因为这张脸的特征一点也不符合史实，而且那些肖像之前也出现过被搞混的情况。"

"哦，确实搞混过。但这就是理查，不会错的。詹姆斯跟我说，原作——或者说被认为是原作的那幅画——就在温莎城堡里，是亨利八世的财产，所以已经有四百多年的历史了。对了，哈特菲尔德庄园和奥尔伯里还有这幅肖像的复制品。"

"看来这的确是理查，"格兰特无奈道，"是我不懂面相了。你认识大英博物馆的人吗？"

"大英博物馆？"玛尔塔反问道，注意力仍在画像上，"没有，暂时没印象。倒是我扮克莉奥佩特拉②和杰弗里演对手戏的时候去过一次。你看过杰弗里演的安东尼吗？风流偶傥。就是那地方太吓人了。历史的洪流全被浓缩到了一起。它给我的感觉就和星空给我的感觉一样，叫人变得无比渺小、无足轻重。你问大英博物馆做什么？"

---

① 洛伦佐：洛伦佐·德·美第奇（Lorenzo de' Medici，1449—1492），意大利政治家、外交家、艺术家，同时也是文艺复兴时期佛罗伦萨的实际统治者，被同时代的佛罗伦萨人称为"伟大的洛伦佐"。
② 克莉奥佩特拉：克莉奥佩特拉七世，古埃及托勒密王朝最后一位女法老，又称埃及艳后。在恺撒的帮助下恢复王位，又凭美貌征服马克·安东尼，获赠罗马帝国部分地区。另外，《安东尼与克莉奥佩特拉》是莎士比亚的戏剧作品。

"我想查查理查三世时期的史料，和他同时代的人记录的那种。"

"这么说，圣人托马斯爵士都没能让你满意？"

"圣人托马斯爵士就是个'长舌公'。"格兰特恶狠狠地说，简直烦透了这个备受推崇的莫尔。

"没想到呀，图书馆的那位好心人好像对他很是敬重，说什么这是'圣托马斯·莫尔所著的《理查三世真理书》'。"

"真理个屁。"格兰特粗鲁地说，"他在都铎王朝写金雀花王朝的事，而且都是人云亦云，而且事情发生那会儿他才五岁。"

"五岁？"

"是的。"

"称不上'一手资料'呀。"

"甚至算不上从直接经历者那里得来的二手资料。仔细想想，他的说辞好比赌马场的登记员给的押注建议，完全不可信，而且压根不是跟你一伙。如果他是给都铎家族做事的，在理查三世的问题上他站在某对立面。"

"确实，你说得对。可既然理查三世身上没有谜团，你又想在他身上找什么呢？"

"我想知道他性情大变的契机。我好久没遇到这么深奥的事了。究竟是什么让他一夜之间变了个人？他以前的风评一直很好，对他哥哥忠贞不贰。可他哥一死，他就完全变了副嘴脸。"

"至高无上的权力总是诱人的。"

"可他已经是护国公了，小国王成年以前就由他负责摄政。只要看过他以前的经历，就会觉得他是能够安于这些权力的。

而且你会觉得他就是当护国公的料，守护爱德华的儿子和国家。"

"可能是那个小鬼头扶不起呢？可能理查想'教训'他呢？我们会下意识把受害者想象成纯良无辜的人，你说奇不奇怪？就像《圣经》里的约瑟①。其实，我觉得他肯定是个很讨厌的年轻人，早该被丢进坑里了。兴许小爱德华②娇纵任性，搞得人家受不了了呢？"

"他们是两个人？"格兰特提醒道。

"也是。好吧，所以无可狡辩，这就是一场彻彻底底的屠戮。唉，毛绒小羊羔们，真可怜……啊！"

"你'啊'什么？"

"我想起了一件事。毛绒小羊提醒了我。"

"什么？"

"先不告诉你，万一落空了呢。我得赶紧走了。"

"你说服马德琳·马奇帮你写剧本了吗？"

"还没正式签合同，但我觉得她已经买账了。回见，亲爱的，回头再来看你。"

她一阵风似的走了，半路还碰上了激动得双颊飞红的"亚马逊"。格兰特转头就把"毛绒小羊"抛到了脑后，直到第二天他出现在了病房里。"毛绒小羊"戴着一副角

---

① 约瑟：《圣经》里的一个主要人物。因聪颖得其父偏爱而遭众弟兄嫉恨，给埃及法老释梦得到重用，被任为宰相。任职期间埃及仓满粮足。与其兄弟一起被视为以色列十二列祖之一。
② 小爱德华：威尔士亲王爱德华，爱德华四世的儿子。亨利七世登基后被承认为爱德华五世。

质边框眼镜。不知怎的，这样的组合不仅没把他从羊羔形象里拽出来，反而更凸显了两者的相似之处。"小羊"来的时候，格兰特正安享着久违的宁静打着瞌睡。护士长说得没错，历史的确叫人看清本质。有人轻轻敲响了房门，只是敲得太轻、太畏缩，让格兰特误以为自己听错了。在医院，一般没人敲门敲得这么犹豫。但格兰特不知怎的，还是说了句"请进"。下一刻，玛尔塔嘴里那只"毛绒小羊"就出现在了门里。一定是他，绝不会错，因为实在太形象了，惹得格兰特都忍不住大笑了起来。

年轻人有些尴尬地讪笑几声，伸出细长的食指推了推鼻梁上的眼镜，然后清清嗓子说道：

"请问是格兰特先生吗？我叫卡拉丹，布伦特·卡拉丹。希望没打扰您休息。"

"没有，不碍事。快进来，卡拉丹先生，很高兴认识您。"

"玛尔塔——就是哈拉德小姐，让我来找您，说我能帮上您的忙。"

"她说帮什么忙了吗？来，坐下说。门后有把椅子，把它拉过来坐。"

卡拉丹个子很高，没戴帽子，高高的额头上顶着一头柔顺的漂亮卷发。身上松松垮垮地耷拉着一件皱兮兮的花呢大衣，没系腰带，而且显然太大了。一股子美式派头，一眼就能看出他是个美国人。他搬来椅子，端端正正地坐下，大衣跟皇袍似的铺撒在身子四周。他那双温温柔柔的棕色眼睛望着格兰特，眼里闪烁的魅力连角质镜框也掩盖不住。

"玛尔塔……呃，哈拉德小姐说您想查点资料。"

"你是专门给人查资料的？"

"不，我在伦敦做研究，历史研究。她说您想找这方面的资料。她知道我上午一般都在大英博物馆。格兰特先生，有什么我能做的，您尽管提。"

"那太好了，真的，太好了。你说你是做研究的，具体是研究什么？"

"瓦特·泰勒农民起义①。"

"哦。理查二世。"

"是的。"

"对社会问题感兴趣？"

年轻人忽然一改学者样，大咧咧地笑了起来："不，我是对留在英国感兴趣。"

"不做研究就不能留在英国？"

"有难度。我得给说法呀，不然我爸就要我回去继承家业。我家是做家具生意的，是家具批发商。我们会给您寄一本家具目录，您看上哪个就直接邮购。不过别误会，格兰特先生，东西都是好东西，能用到天荒地老。只是我对家具的兴趣不大。"

"哦，可是你又没法去极地探险，所以只能退而求其

---

① 瓦特·泰勒农民起义（Peasants' Revolt）：又称瓦特·泰勒叛乱或大起义，发生于 1381 年，是英格兰历史上最大规模的民众暴动，也是欧洲中世纪后期民变浪潮的一个组成部分。虽然这次起义以失败告终，但被后世视为中世纪英格兰农奴制开始走向终结的标志，并使英格兰上层统治阶级更加认识到下层民众的苦难和对现行封建制度进行改革的迫切性。起义的一些领导者如约翰·鲍尔、瓦特·泰勒、杰克斯·特劳在大众文化中广为人知。

次，窝进大英博物馆里了？"

"是呀。那里头暖和，而且我也是真心喜欢历史。我大学就学的这个。不瞒您说，格兰特先生，我必须留在英国，和阿塔兰忒·舍戈尔德在一起。阿塔兰忒是玛尔塔——呃，哈拉德小姐的金发笨妞。我是说，她在哈拉德小姐的剧里演金发笨妞，她自己一点也不笨。"

"我明白。她的确很年轻也很有天赋。"

"您见过她？"

"全伦敦人应该都见过她。"

"确实，毕竟那部剧演了不知道多少次。我们——我是说阿塔兰忒和我——都以为它演个几星期就得封箱了，当初告别时还挥着手说'月初见'呢。结果发现这戏简直要演一辈子，我只好找了个借口跑来英国。"

"搬出阿塔兰忒还不够？"

"反正我爸不答应！我家人都看不起阿塔兰忒，但就属我爸跳得最凶。每次不得不提起她的时候，他就叫她'你的那个年轻女演员朋友'。这么说吧，我爸算起来已经是'卡拉丹三世'了，但是阿塔兰忒她父亲充其量也就是'舍戈尔德一世'，而且还只是在主街上开了一家小杂货店。要我说，他是个善良又可靠的好人。当然啦，阿塔兰忒在美国没做出过什么名堂，我是说在舞台上。这是她第一次演这么卖座的戏，所以才不愿意毁约回家。而且想说服她回家可得费一番周折。她说我们都不待见她，不想回去。"

"所以你就来当研究员了？"

"我得想点只能在伦敦做的事才有借口留在这里嘛。而且我在大学里也做过一些研究，所以大英博物馆算得上'我的菜'。我吃得开心的同时也能让我爸看看，我真的在做事。"

"确实是我见过的最好的证词了。顺便一问，为什么选农民起义？"

"因为有意思，而且感觉我爸会喜欢。"

"这么说，他很关注社会改革？"

"倒也没有，他不喜欢国王。"

"可他不是卡拉丹三世吗？"

"是呀，好笑吧？我甚至在想，他的保险箱里说不定藏着一顶王冠呢。要是那样，我敢打赌他肯定会时不时地拿着它溜到中央车站找个男厕所戴上臭美一番。不说我的事了，格兰特先生，没完没了的，您肯定嫌烦。再说我来也不是为了说我的私事……"

"不管你来是为了什么，对我来说都是久旱逢甘霖，所以随意一点就好。当然，你如果赶时间的话，那就另当别论了。"

"我从来不赶时间。"年轻人说着放松双腿直直往前伸去，不料脚尖撞上床头柜，一下把原本就放得不怎么稳当的理查三世肖像震了下来。

"哎呀，不好意思！是我鲁莽了。我到现在还不怎么适应自己的腿长。照理说人都长到二十二岁了，早该习惯自己的成长了，不是吗？"他拿起相片，用袖口仔细擦了擦灰尘，饶有兴趣地看了起来，"英格兰国王理查三世。"他大声念道。

"你是第一个注意到背景里那排字的人。"格兰特说。

"不仔细看的确注意不到。我见过桌上摆海报女郎的，倒是第一次见摆国王肖像的。"

"长得不太漂亮，是吧？"

"难说。"男孩慢慢道，"就长相而言，这张脸其实还可以。我有个大学教授长得挺像他。那个教授天天靠胃药和牛奶过活，所以性格有点儿消极，但却是我见过的最和善的人。您想查的就是理查的资料？"

"是的。不用搞得太深奥难懂，我只是想知道他那个时代的权威资料。"

"嗯，那应该不难，而且离我的时代也不远。我是说我研究的时代。其实，研究理查二世的当代权威学者卡思伯特·奥利芬特爵士也涉猎过理查三世的内容。您读过奥利芬特吗？"格兰特说自己只读过历史课本和托马斯·莫尔爵士。

"莫尔？亨利八世的大法官？"

"是的。"

"他的诉状失之偏颇吧？"

"在我眼里更像某个政治党派的宣传册，"格兰特说，这会儿才反应过来莫尔爵士的书带给他的实际感觉。它不像一个具有远见卓识的政治家的叙述，倒像党派印发的广告传单。

不对，像专栏作家写的文章，素材还都是在楼梯底下说闲话得来的。

"你了解理查三世吗？"

"只知道他弄死了两个侄子，还想用他的王国换一匹马。哦，他还有两个狗腿子，一个叫猫子，一个叫耗子。"

"什么?"

"就是那个呀,'一只猫子,一只耗子,并着洛弗尔这可爱狗腿子,跟着头猪豚子把英格兰统治'①。"

"哦,对,我都忘了。你知道这诗的意思吗?"

"不知道,我不太了解那个时代。您为什么会对理查三世感兴趣?"

"鉴于我未来一段时间内无法进行任何实地调查,玛尔塔建议我做一些学术性调查。她知道我对面相感兴趣,就给我找来了很多名人画像,挑选的准则估计是各种未解之谜的主人公。理查的入选多少带了点意外成分,但他反而是其中最神秘的一个。"

"是吗?何以见得?"

"他犯下了历史上最令人发指的罪行,却长着一张伟大法官和执政官的脸。从各方面来看,他都是一个极有教养且生活富足的人,而且他执政有方,把英格兰北方打理得井井有条。同时,他还是优秀的谋士和出色的战士,私生活方面也无可挑剔。而他哥哥,你应该知道,称得上所有王室子弟里除了查理二世之外最风流的。"

"我知道。爱德华四世,八尺美男嘛。可能理查就是讨厌这种反差,所以才杀了他哥的两个儿子。"

---

① 原文 "The Cat, the Rat, and Lovel Our Dog, Rule all England under a Hog",是威廉·科林伯恩尼于1484年贴在圣保罗大教堂门口的一首讽刺诗,用来讽刺理查和他的三个忠实追随者威廉·凯茨比爵士、理查德·拉特克利夫爵士、弗朗西斯·洛弗尔子爵。猫(the cat)谐音凯茨比(Catesby),鼠(the rat)谐音拉特克利夫(Ratcliffe),狗(lovel our dog)隐射洛弗尔(Lovell),猪(Hog)则隐射个人徽章为一头白野猪的理查三世。

这格兰特倒是没想过。

"你的意思是，理查暗地里压着对哥哥的恨？"

"为什么是'暗地里'？"

"因为连骂他骂得最狠的人都不得不承认他对爱德华忠贞不二。打从理查十二三岁开始，他俩就形影不离。他们的另一个兄弟乔治倒是个没用的废物。"

"乔治是谁？"

"克拉伦斯公爵。"

"哦，他啊！死在马姆齐甜酒桶里那个。"

"就是他。所以只有他们两兄弟并肩作战。他们相差十岁，正是容易产生崇拜心理的年龄差。"

"如果我是个驼背，"年轻的卡拉丹沉吟道，"又有个哥哥抢我功劳，抢我女人，还抢尽我的风头，我肯定恨死他了。"

"确实有可能。"格兰特顿了顿，"不如说这是迄今为止最合理的解释。"

"而且这种恨意可能只埋在心里，甚至可能他自己都没意识到。一直等到他有机会戴上王冠了，心底的恨意才突然迸发出来。他可能会说——我的意思是，他沸腾的热血可能会叫嚣：'我的机会来了！这么多年，我都只能跟在他的屁股后面任劳任怨，站在他的阴影里默默无闻，得不到任何回报。现在轮到我拿回应得的一切，轮到我算账了！'"

格兰特发现，卡拉丹对理查的想象恰巧与佩恩－埃利斯小姐的描述如出一辙。后者把他描绘成众人身后的"小尾巴"，是站在贝纳德城堡的台阶上目送父亲出征，长得结实又漂亮的玛格丽特和乔治身后"照例"跟着的小尾巴。

"不过，您说理查犯案前一直是个好人？这倒挺有意思的。"卡拉丹颇有个性地伸出修长的食指扶着眼镜脚，"让他更真实了。您知道，莎士比亚笔下的他简直是个夸张的漫画人物，一点也不像真人。格兰特先生，您想查什么尽管吩咐，我正好换换口味。"

"不研究约翰·鲍尔和瓦特·泰勒，转而研究起'猫子'和'耗子'了。"

"说得对。"

"你真是个好小伙。不管你查到什么，我都会高兴的。但目前我想先看看与理查同时代的史料对当时事件的描述。它们在当时一定是轰动全国的大事件。我要生活在那个时代的人的真实记录，而不是忠于另一个主子的人通过道听途说记录下的他五岁时发生的事。"

"我去查查当时的历史学家是谁。可能是费边①，他是理查二世还是亨利七世来着？总之我会查清楚的。对了，您要不要读读奥利芬特？据我所知，他是目前学界研究那段历史时期的泰斗。"

格兰特说，自己很乐意拜读卡思伯特爵士的著作。

"那我明天路过时顺便带过来。我直接放在门房，让他们给您送过来可以吧？我一找到理查二世时期的历史学家就过来告诉您，这样可以吗？"

---

① 费边：罗伯特·费边（Robert Fabyan），卒于 1512 年，伦敦布商、治安官和市议员，著有《费边编年史》。

格兰特很满意这样的安排。

年轻的卡拉丹忽然害臊起来，让格兰特忽然又想起"毛绒小羊"来。先前因为找到了了解理查的新途径，他几乎忘了这个称呼了。卡拉丹闷闷地说了声"晚安"，然后慢悠悠地走了出去，大衣下摆跟着他的脚步一晃一晃。

格兰特不禁想，撇开卡拉丹家的财富不论，阿塔兰忒·舍戈尔德倒是看上了个好小子。

玛尔塔又来了。"怎么样？"她问，"我的'毛绒小羊'？"

"非常感谢你帮我找到他。"

"我都不用找，他天天在我眼皮子底下晃悠，就差住在剧院里了，不是在阿塔兰忒的更衣室就是在前台。《坐碗出海》①这出戏他估计看了不下五百遍。希望他们能喜结连理，让我们的眼睛清净清净。（他们竟然还没同居，真是恬淡又纯情。）"她暂时放下演员的腔调，说："他们俩挺甜蜜的，从某种程度上说更像双胞胎而不是恋人。两个人全身心地信任彼此，相互扶持，组成一个整体。我甚至没见过他们吵架，哪怕只是小摩擦。就像我说的，恬

---

① 出自儿歌《戈瑟姆智者》（*Wise Men of Gotham*）：戈瑟姆有三智者，坐着碗儿出海去。如果这碗结实些，我还能多说几句。

淡又纯情。这是布伦特带给你的？"

她疑惑地用手指戳了戳奥利芬特的大部头。

"对，他留在门房的。"

"感觉很难消化。"

"应该说让人提不起胃口，但吞下去以后还是挺容易消化的。给大学生们看的历史，编排清晰，内容也详细。"

"呃……"

"至少让我知道了尊敬的圣托马斯·莫尔爵士对理查的描述从何而来。"

"是吗？从何而来？"

"约翰·莫顿。"

"没听说过。"

"我也是，但其实是我们孤陋寡闻。"

"他是谁？"

"亨利七世的坎特伯雷大主教，理查的死敌。"

如果玛尔塔会吹口哨，她此时一定会吹一下。

"原来他是那个一手消息来源！"她说。

"没错，他是那个一手消息来源，后世所有对理查的描述都基于他的说法。霍林斯赫德就是根据他的说法撰写了自己的史书里有关理查的部分，莎士比亚又根据霍林斯赫德的说法创造了自己剧里的理查三世。"

"所以，这套说辞来自理查的敌人。这我倒不知道。为什么托马斯爵士偏偏要记莫顿的说辞？"

"不管他记得是谁的说辞，终归是都铎王朝的说辞。不过他记莫顿的，好像是因为他从小在莫顿手下做事。当然啦，莫顿和那件事的确牵扯得很深，而托马斯爵士又跟他相熟，记录下来自这位亲历者的第一手资料也是很自然的。"

玛尔塔又拿手指戳了戳奥利芬特的书："写这部臃肿大作的历史学家知道那套说辞失之偏颇吗？"

"你说奥利芬特？只能凭上下文推测。老实说，他自己对理查的事情也是一头雾水，同一页的内容都能前后矛盾。前面刚说他是位值得敬佩的执政官和将领，声誉良好，为人稳重，生活讲究，与伍德维尔新贵（王后的亲戚）相比非常受欢迎；后面立马又说他'无所不用其极，为了近在咫尺的王位不惜大开杀戒'。他在上一页勉为其难地说'有理由认为他良心未泯'，下一页就转述了莫尔口中那个被自己的所作所为折磨得夜不能寐的形象。诸如此类的。"

"这么说，写这部臃肿大作的奥利芬特偏向红玫瑰阵营喽？"

"这我倒不觉得。我觉得他并非有意偏向兰开斯特派。不过现在想想，他对亨利七世篡位倒是很宽容。我没见他在书里直白地提过亨利根本没继承权。"

"那是谁把他推上去的？我指亨利。"

"好像是兰开斯特派余党和新贵伍德维尔家族，借着全国人民因为两个男孩被杀而厌弃理查的东风。显然，只要身上有一星半点的兰开斯特血统都可以登基。亨利本人也很狡猾。他着重强调自己是通过'征服'夺得了王位，其次才提自己的兰开斯特血统，‘凭战争获胜和兰开斯特血脉的权力’。他母亲的祖先是爱德华三世第三个儿子的私生子。”

"我只知道亨利七世很富，也很抠。你知道吉卜林写的那个小故事①吗？他给一个工匠封了骑士，不是因为他的作品精美，而是因为他为他省了一笔挂毯的费用？"

"借助一把从挂毯背后抽出来的锈剑。知道吉卜林的女人可不多啊。"

"哦，我在很多方面上都是个了不起的女人。这么说，你对理查性格的探索没取得什么进展喽？"

"是啊。上帝保佑，我和卡思伯特·奥利芬特爵士一样满头雾水。我俩唯一的区别是，我知道自己满头雾水，但他好像不知道。"

"见过我的‘毛绒小羊’了吗？"

"只见过一次，还是在三天前。我都怀疑他是不是反悔了。"

"哦，那肯定不会。忠诚是他的准则和信条。"

"就像理查。"

"理查？"

"他的座右铭是‘loyaulté me lie’，意为：我为忠诚所缚。"

这时，试探性的敲门声传来。格兰特应了一声后，布伦特·卡拉丹走了进来，身上还是穿着那件松松垮垮的大衣。

"呀！打搅二位了？哈拉德小姐，我不知道您来了。格兰特先生，我在走廊上遇到了‘自由女神像’。她以为您没访客呢。"

格兰特一下就明白了他嘴里的"自由女神像"是谁。玛尔塔

---

① 指约瑟夫·鲁德亚德·吉卜林（Joseph Rudyard Kipling）的短篇故事《错事》（*The Wrong Thing*）。

说自己正要走，何况如今他在这里可比她受宠多了，自己就不打扰两人继续探索杀人犯的灵魂了。

布伦特礼貌地躬身送她出门，接着回来坐在访客椅上，那神态就跟英国人送女宾离席后坐回自己的位置一样。格兰特在想，眼前这个早已心有所属的美国人在参加全是男人的聚会时，是否也会和单身汉一样，下意识感到轻松一点？布伦特问格兰特与奥利芬特相处得如何。格兰特回答，自己觉得卡思伯特爵士的思路清晰得令人叹服。

"我还碰巧知道了那'猫子'和'耗子'是谁。原来他们都是很体面的王国骑士呀。威廉·凯茨比和理查德·拉特克利夫。凯茨比是下议院议长，拉特克利夫是和苏格兰洽谈的和平专员之一。说来也怪，几个词一谐音竟能让这首政治讽刺诗显得这么恶毒。所谓的'猪豚子'指的自然就是理查的白野猪纹章。你经常光顾我们英国的酒吧吗？"

"当然。你们这儿的酒吧倒是比我们那儿的好。"

"看在野猪酒吧的啤酒的分上，原谅我们这儿糟糕的管道系统吧。"

"原谅说不上，多少宽容一点吧。可以这么说，我根本不放在心上。"

"君子雅量。不过还有件事得请你宽容宽容。你之前不是猜测，理查因为自己是驼背而恨他那个英俊的哥哥嘛，根据卡思伯特爵士的说法，他没驼背，手臂也没萎缩。他的身体好像没有明显的畸形，至少没什么大问题，只是左肩比右肩低一点而已。你查到当时的历史学家是谁了吗？"

"那个时期没有。"

"一个都没有？"

"没有符合您的要求的。与理查同时代的史学家倒是有，但都是在他死后才写的书，而且都是为都铎王朝写的，所以就没法'出庭作证'啦。不过有本拉丁文修道院编年史倒是当时写下的，但我还没搞到手。不过我发现了一件事：《理查三世史》被当作托马斯·莫尔爵士的作品，不是因为他写了书，而是因为在他那里发现了手稿。那份手稿是没写完的副本，在其他地方应该还有完整版本。"

"哦？"格兰特来了兴趣，"你的意思是，那只是莫尔抄的书？"

"是的，是他在大概三十五岁的时候手抄的本子。那时候印刷术还没普及，手抄书很普遍。"

"确实。所以，如果信息来源是约翰·莫顿，那这书的原作者很可能也是他。"

"没错。"

"这也解释了书里那种……那种市侩气息。像莫顿这种削尖了脑袋往上爬的家伙，自然不会忌讳那些小道八卦。你知道莫顿吗？"

"不知道。"

"他原本是律师，后来供了神职，是史上最有名的'多面手'。他原先一直支持兰开斯特家族。后来爱德华杀回来坐稳了王位，一切尘埃落定，他就和约克党和解了，并被爱德华封为伊利主教，以及天知道多少个教区的牧师。理查即位后，莫顿先是支持伍德维尔家族，后来又站到了亨利·都铎身后，最后捞了顶红衣主教的帽子，成了亨利七世的坎特伯雷大主教……"

　　"停！"男孩乐了，"我知道了，原来是他呀。'莫顿之叉'①的那个莫顿，对吧？'既然你不怎么花钱，那肯定存了很多，给国王捐点呗？既然你那么能花，那肯定很有钱，给国王捐点呗？'"

　　"是的，就是那个莫顿，亨利最称手的'压榨机'。我忽然又想到了一个他可能早就对理查怀恨在心的理由，而且远早于两个孩子被杀的时候。"

　　"愿闻其详？"

　　"爱德华曾在法国收了法王路易十一②好大一笔贿赂，很无耻地跟他议和了。这事确实不光彩，所以理查怒不可遏，直接甩手不干，还拒绝了一大笔好处。但莫顿对这笔交易和好处都很感兴趣，他也确实从路易那里搞了份相当可观的年金，每年能拿到两千克朗。我猜那时候理查说的话肯定不好听吧，连见钱眼开的莫顿都不太承受得住。"

　　"是啊。他估计咽不下这口气。"

　　"而且理查的性子一板一眼。莫顿被他压着，肯定不像在随和的爱德华手下那么好受。所以就算没有那桩谋杀案，他也会支持伍德维尔。"

---

① 莫顿身为亨利七世的大法官，负责为亨利七世征税。他那套"富者有钱纳税，穷者未必真穷"的理论被称为"莫顿之叉"或"莫顿叉"。

② 路易十一：法兰西瓦卢瓦王朝第六位国王，吞并了勃艮第公国、安茹公国、普罗旺斯伯国和曼恩伯国等，基本统一了法兰西全境。1475年，路易十一利用贿赂手段使"大胆的理查"的同盟者、英格兰国王爱德华四世退兵。勃艮第公爵"大胆的理查"是爱德华四世的妹妹玛格丽特的丈夫。

"说起那桩谋杀案……"男孩说到一半迟疑了起来。

"嗯?"

"说起那桩谋杀案,当时根本没人议论它,您不觉得奇怪吗?"

"什么叫'没人议论'?"

"这三天,我一直在翻阅当时的资料——信件之类的,结果发现没人提过那两个小男孩。"

"可能是他们不敢呢?那是个需要谨言慎行的时代。"

"理是这么个理,可还有件更奇怪的事。亨利在博斯沃思战役后向议会提交了一项针对理查的褫夺公权法案,他在法案里虽然指责理查残暴专权,却对谋杀只字不提。"

"什么?"格兰特愕然。

"惊讶吧?"

"你确定?"

"很确定。"

"可是亨利从博斯沃思回来立刻接管了伦敦塔呀!如果两个孩子失踪了,他怎么可能不立即公布这件事?这可是他手中的王牌。"格兰特震惊得好一会儿没说话,留下窗台上的麻雀叽叽喳喳。

"我想不通。"他开口道,"他到底为什么不利用两个孩子失踪的事情做文章,从中牟利?"

布伦特将他的大长腿挪到一个更舒服的位置,说:"只有一种解释,那就是孩子们没有失踪。"

这次沉默的时间更长了。两个人面面相觑。

"唉,这怎么可能呢。"格兰特终于开口,"肯定有很直白的解释，只是我们没想到。"

"比如呢？"

"不知道。我还没来得及好好想。"

"我已经想了快三天了，还是想不出来。只有亨利接管伦敦塔时男孩们还活着，这事才说得通。那份褫夺公权法案可谓肆无忌惮。理查以受膏①国王的身份英勇地迎击入侵者，可他的追随者却被那份法案指控叛国！亨利几乎把稍微沾点边的罪名全用上了，但法案里对理查最严重的指控依旧是老生常谈的残暴和专权，一点都没提那两个男孩。"

"精彩。"

"离谱，却是事实。"

"照你这么说，岂不是当时根本没人说理查杀侄？"

"差不多吧。"

"可是等一下，蒂勒尔不是因为这事上了绞架吗？他死前认了罪呀？你等一下。"格兰特伸手抓过奥利芬特的书，飞快翻动书页寻找那处记载，"我记得这里有详细记录。这件事背后可没什么谜团，连自由女神像都知道。"

"谁？"

"你在走廊里遇见的那位护士。谋杀王子的刽子手就是蒂勒尔，他被定了罪，而且在临死前认罪了。"

"亨利一接管伦敦，他就认了吗？"

---

① 受膏：一种宗教仪式，用以油或香油抹在受膏者身上。国王受膏后才算正式登基。

"你等一下。我找到了。"他飞快地浏览那一段，"不，这是在 1502 年认的罪。"说完，他忽然意识到自己刚才说了什么，于是非常不解地重复了一遍，"在……1502 年。"

"可……可那是……"

"是的，在将近二十年以后。"

布伦特胡乱摸出烟盒，又匆匆收了起来。

"想抽就抽吧。"格兰特说，"我得来杯烈酒。感觉脑袋都不灵光了，就像跟小时候玩捉迷藏，蒙着眼睛咕噜噜转圈时的感觉差不多。"

"是啊。"卡拉丹还是给自己点了根烟，"黑漆漆的什么也看不见，头还晕得很。"

他坐在那里，双眼发直地盯着麻雀。

"四千万本教科书不会错。"格兰特顿了一会儿说。

"不会吗？"

"会吗？"

"我以前觉得不会，现在不太确定了。"

"你这疑心病来得也太突然了。"

"唉，我吃惊的其实不是这个。"

"那是？"

"以前出过一件事，叫'波士顿大屠杀'①，听说过吗？"

"当然。"

"我在大学查资料的时候碰巧看到的。这事的起因是有暴徒

---

① 波士顿大屠杀：或称波士顿惨案，是 1770 年 3 月英国殖民当局屠杀北美殖民地波士顿民众的流血事件。根据维基百科的记录，此次事件共造成死亡 5 人，受伤 6 人。

向哨兵丢石头，伤亡总共四个人。格兰特先生，我可是听着'波士顿大屠杀'的故事长大的。一想到它，我这二十八英寸①的胸膛就来气；一想到无助的平民倒在英军的枪口下，我那被菠菜喂养的热血就直冲脑门。结果呢？这场所谓的'大屠杀'不过是一次小小的斗殴罢了。这种警民冲突要是发生在美国本土的罢工事件里，最多也就地方报纸会提一嘴。您能想象这种反差给我带来的冲击吗？"

卡拉丹见格兰特没有应声，眯起眼睛迎着光看向格兰特。但格兰特却目不转睛地盯着天花板，好像要从那里的纹路里看出什么花来。

"我之所以喜欢做研究，有一部分就是因为这个。"卡拉丹自顾自蹦出一句，随即又扭头盯着麻雀。

这时，格兰特沉默地伸出手。卡拉丹往他手里递了支烟，又帮他点上。

两人一言不发地吞云吐雾，只有麻雀还在展现歌喉。

最后是格兰特打断了它们的演出。

"托纳潘迪。"他说。

"什么？"

但格兰特依旧沉浸在自己的思绪里。

"我不也在工作上见识过这种事，"他不理卡拉丹，漠然望着天花板说，"就是托纳潘迪。"

"所以托纳潘迪到底是什么鬼玩意儿？"布伦特问，

---

① 英寸：英制长度单位，1 英寸约合 2.54 厘米。

"听着像什么专利药。孩子状态老不好？脸红乏力易暴躁？快喝托纳潘迪，见证神奇疗效！"说完，见格兰特还是没搭腔，他又说，"行，留着您的托纳潘迪吧，我也不稀罕。"

"托纳潘迪，"格兰特终于开了口，声音依旧像在梦游，"是威尔士南部的一个地方。"

"我就知道它是个有实体的东西。"

"你要是去了南威尔士，就会听到他们说，1910年的时候，政府曾经出动军队镇压了当地罢工维权的矿工。你可能还会听说，下令的是当时的内政大臣温斯顿·丘吉尔。他们可能还会感慨一句，南威尔士永远不会忘记托纳潘迪！"

卡拉丹闻言正了正神色。

"套路倒是挺像。"

"可实际情况是这样的：朗达河谷的一群暴徒聚众闹事，他们抢劫商店、毁坏财物，于是格拉摩根的警察局长就把这事上报给了内政部，要求他们派兵保护居民。你想，既然当地的警察局长都认为情况严重到需要军方介入，那内政大臣还能说什么呢？但是丘吉尔怕军队和暴徒起了正面冲突之后擦枪走火，就叫停军队，转而集结了一队壮实的普通伦敦警察派了过去。这些警察的随身装备只有一件卷起来收好的麦金托什雨衣。所以，当时跟暴徒对上的其实都是些手无寸铁的伦敦警察，部队全在后方待命呢。要说流血事件，整件事里唯一见了红的只有几个人的鼻腔。可内政大臣却因进行'史无前例的干预'而在下议院饱受攻讦。这就是托纳潘迪，这就是威尔士永远不会忘记的'军队射杀平民事件'。"

　　"是啊。"卡拉丹沉吟道，"是啊，和波士顿事件如出一辙，都是有人为了政治目的，把一件原本很单纯的事情炒得沸沸扬扬。"

　　"重点不在于两件事的性质是否一模一样，而是每一个涉身其中的人都知道那是无稽之谈，却没有人开口澄清。现在好了，谣言根深蒂固得想推翻都推翻不了。知情人全都闭紧了嘴巴不吭声，眼睁睁着那假的一步步成了真。"

　　"是啊。真有意思，简直太有意思了，所谓'创造历史'。"

　　"是啊，所谓'历史'。"

　　"查查吧。毕竟真相从不在于别人说了什么，而在于当时留下的蛛丝马迹。比如报纸上的广告，房屋转让，甚至一枚戒指的价值。"

　　格兰特依旧盯着天花板。麻雀的叽喳又占领了房间。

　　"你乐些什么呢？"最后，格兰特终于转过头，一眼瞧见了布伦特的表情。

　　"这是我头回见您像个警察的样子。"

　　"我感觉自己就是在办案，在动用警察的思维模式，在心里问自己每个警察在每起谋杀案里都会问的问题：谁受益？我第一次意识到，那个理查为了坐稳王位而除掉两个男孩的理论听着很有道理，实属无稽之谈。他就算除掉了两个男孩，也还有男孩们的五个姐妹挡他的道，更别提乔治留下的那一双儿女了。当然啦，乔治被褫夺公权，连累两个孩子也失去了继承权。但我想，只要有心，这种褫夺公权的法令总是可以撤销或者废止的。照这么说，理查若真担心篡来的王位坐不稳，那就得把这群孩子全都除掉才能高枕无忧。"

"他们都活下来了吗？"

"不知道，但我会让它真相大白的。两个男孩的长姐肯定活下来了，因为她后来做了亨利的王后。"

"格兰特先生，我们丢开史书，抛开现在的种种说法，乃至任何人对任何事的看法，把一切归零，从头开始，怎么样？真相不在人言，而在柴米油盐。"

"这句子不错。"格兰特赞道，"有什么深刻含义吗？"

"何止深刻含义，一切尽在其中。真正的历史都是以非历史的形式写就的，它藏在锦衣库的账目里，在君王私库的开支中，在私人信件的字里行间，在庄园账簿的只言片语。打个比方，假如有人坚称某夫人从没生过孩子，而你却在账簿上找到了一条写着'米迦勒节前夕，少爷降生所用：蓝色丝带五码①，四点五便士'的记录，那就可以合理推断出这位夫人在米迦勒节前夕生了个儿子。"

"原来如此，我明白了。那我们从哪里开始？"

"您是调查员，我只是个查资料的。"

"你是研究员。"

"谢谢。那我先研究什么？"

"这样吧，先查一下主要涉案人员对爱德华——我是指爱德华四世——之死的反应。把这个弄清楚了，不说对案件有多大启发，多多少少会有点儿帮助。爱德华死得突然，一定让大家措手不及。

---

① 码：英制长度单位，1码约合0.91米。

我想知道他们各自有什么反应。"

"嗯,顺理成章,查起来也不难。您说的'反应'应该指的是他们的所作所为,而不是心里的想法吧?"

"当然。"

"历史学家才跟您说想法,研究员只看他们的行动。"

"正合我意。古语有云,'行胜于言',我奉为圭臬。"

"顺便一问,按照圣人托马斯爵士的说法,理查听说他哥死了以后都干了些什么?"布伦特好奇地问。

"圣人托马斯爵士(或者说约翰·莫顿)说,理查忙着用花言巧语说服王后放弃派遣大批士兵前往拉德洛迎接小王子,同时密谋在小王子前往伦敦途中控制他。"

"照圣人莫尔这么说,理查从一开始就打算除掉那个男孩,取而代之喽?"

"没错。"

"行,那至少要先弄清楚当时每个人在哪里做什么,再来看能不能推断出他们的意图。"

"一针见血,正合我意。"

"别动!警察!"男孩调侃道,"15号下午5点你在哪?快说!"

"对,就是这样。"格兰特肯定道,"保证管用。"

"那我也得去管点用啦。有了消息马上就来告诉您。谢谢您,格兰特先生,这可比农民起义好太多了。"

说着,他迈着轻盈的步伐飘入冬日午后渐浓的暮色中。飞扬的衣角犹如长长的拖裾,为他略显单薄的年轻身影增添了几分学院派的洒脱和庄重。

格兰特扭开台灯，瞧着光影在天花板交织出的图案出神，仿佛头一回瞧见这些纹路似的。

男孩随手抛给他的疑问独特而又迷人，既出乎意料，又令人费解。

究竟有什么理由，竟导致当时没有一个人控诉理查谋杀呢？

亨利如果想这么做，甚至不需要费心去找证据，因为理查是那两个孩子的监护人。如果亨利接管伦敦塔时两人已经失踪，这"弑君"的脏水泼在早已死无对证的理查身上可比老掉牙的残暴和专权管用多了。

格兰特吃完了晚饭，却不记得自己往嘴里送了什么，味道如何。

直到来收餐盘的"亚马逊"温声说了一句"两个炸肉饼都吃得干干净净，是个好兆头"，他才惊觉自己竟已吃完了一顿饭。

随后的一小时，他盯着台灯罩映在天花板上的斑驳纹路，在脑海里把这件事想了一遍又一遍，试图找出一丝裂缝，好让他直抵问题的核心。

最后，他索性将问题一把丢开，不再想了。这是他遇到看似天衣无缝，暂时无从下手的棘手问题时的习惯。如果他带着问题入睡，明早醒来或许就会察觉到一些之前被他忽略的东西。

他开始寻找其他东西转移注意力，试图不去想那份褫夺公权法案，结果看到了一大摞还没拆封的信件。这些是各方人士寄来的慰问信，甚至还有几封来自"老油条"们。可爱的"老油条"如今是一天比一天少，因为他们都跟不上时代了。取而代之的是粗野不堪的小流氓，自私的灵魂里闪不出一丝人性的火花，不比小狗识字多，斗起狠来刺比锯子还多。以前的专职小偷也和其他行当的人一样各具特色、温和恭顺。有不爱说话的顾家小男人，总爱带着一家子出门玩耍，成天围着孩子转，关心孩子的扁桃体肿没肿；也有性情古怪的单身汉，一腔热诚全给了笼子里的宝贝鸟儿、二手书店和复杂精妙的博彩系统。跟不上时代的家伙。

现在的流氓可不会写信说自己对一个"条子"受伤卧床感到遗憾。他们压根不会冒出这种想法。

躺着写信太过费劲，格兰特对此敬谢不敏。但最上面的信封上赫然是表妹劳拉的字迹，他不得不回，不然她会着急的。小时候，劳拉和他总是黏在一起过暑假。有一年夏天在苏格兰高地上，两人之间甚至萌生了浅浅的爱意，而正是这丝爱意造就了彼此间从未断绝的纽带。所以，他必须给劳拉写几句，告诉她自己还活着。

格兰特又把信读了一遍，不禁勾了勾嘴角，耳边仿佛响起了特利河叮叮咚咚的水声，眼前掠过小河流水的光景，鼻尖嗅到高地荒原冬天里那清新透凉的气味。这一刻，他暂时忘记了医院的病床，忘记了生活的枯燥、逼仄和肮脏。

帕特很关心你。如果他的年纪再大一点，或者再小一点，他会直言说他爱你，可惜他今年九岁，所以他偏要说："告诉艾伦我问起过他。"他自己动手做了一个拟饵，正等着你过来治病的时候给你看呢。最近他在学校里学到苏格兰人把查理一世^①出卖给了英格兰人，觉得自己受到了侮辱，于是决定不再当苏格兰人了。他如今正孤身抵制苏格兰的一切，不再学苏格兰的历史，不再唱苏格兰的歌，也不再记这个臭地方的地理知识。昨晚临睡前，他还宣布自己要申请挪威国籍呢。

格兰特拿过桌上的信纸，用铅笔写了起来：

最亲爱的劳拉：

　　如果我告诉你"塔中王子"其实并非理查三世所杀，你会不会惊掉下巴？

爱你如旧，
艾伦

　　附：
　　我已经好得差不多了。

---

① 查理一世（1600—1649）：又译查尔斯一世，斯图亚特王朝的第十位苏格兰国王、第二位英格兰及爱尔兰国王。詹姆斯一世和丹麦公主安妮的次子，英国历史上唯一被公开处死的国王，也是欧洲史上第一个被公开处死的君主。

"呈给议会的理查三世罪状里并没有提到塔中王子被杀的事，您知道吗？"第二天早上，格兰特问外科医生。

"是吗？"外科医生说，"这可怪了，是吧？"

"怪得离谱。您觉得该怎么解释？"

"可能是想尽量压下丑闻吧，家丑不可外扬嘛。"

"可他的王位并没有传给家人呀，他就是他们家最后一个王，后面就是都铎家的第一个王——亨利七世了。"

"对，对，我给忘了。我的历史向来一塌糊涂。上学的时候，历史课都被我拿来做代数作业了，但还是很无聊。可能多放几张肖像能更有意思一点。"他抬头瞥了一眼理查的画像，又低头继续给格兰特做检查，"挺好，看着挺健康的，骨头长得应该不错。现在不痛了吧？"

说完，他温和而又随意地踱了出去。格兰特喜欢研究面相，是因为这和他的工作密切相关。而对于这位医生来说，历史是能被挪用去做其他事情的，如用来在桌子底下偷偷做代数题的。他要照顾活生生的人，他手里掌握着未来，没有闲心去思考学术问题。

护士长也一样有她自己的"当务之急"。虽然她认真倾听了格兰特眼下面临的困境，可她的回应却像在说"去见见牧师吧"，这不是她的职责。她神圣而庄严地俯视着底下一大堆事情，桩桩件件都无比重要，亟待解决，怎么有闲工夫瞥一眼发生在四百多年前的往事？

他很想告诉她："别人也就罢了，您是该对王室成员的遭遇感兴趣的呀。这样您就能知道，即便贵如天家子弟，也逃不过人言可畏。明天随便一句窃窃私语就可能叫您万劫不复。"但他惭愧地意识到，护士长每天的晨巡已经很漫长了，他不该再这样无缘无故地耽误她的时间。

至于"小矮人"，她不知道什么"褫夺公权法案"，并且明确表示自己不想知道。

"我看您快对那玩意儿走火入魔了。"她说，"这样不好。还是找本好书看看吧，成吗？"

即便是玛尔塔，那个他一直盼着能来，好对她抛出这个新奇观点看看反应的玛尔塔，也因为沉溺于对马德琳·马奇的满肚子怨气而没空搭理他。

"她几乎保证过会帮我写！我请了她那么多次，想着这没完没了的拉锯战总算要结束了，都开始筹备以后的事了！我甚至去找了雅克商量戏服！结果她现在告诉我要写一本什么破侦探小说，说什么……得趁灵感还热乎赶紧写出来还是什么的，随便吧！"

好剧本是世界上最稀缺的商品，而好剧作家的价值堪比铂金。所以，格兰特对玛尔塔的哀怨深表同情，但终究像隔了层玻璃看外面，无法感同身受。在这个早晨，对于他来说，15世纪远比沙夫茨伯里大街上发生的任何事情更加真实。

"她写侦探小说用不了多长时间的。"他安慰道。

"确实，差不多六星期吧。问题是她现在下了这条船，我怎么知道以后还能不能把她拉上来？托尼·萨维利亚想找她写一部马尔伯勒①的戏。你也知道托尼那个人动起真格来是什么样，他那条三寸不烂之舌能把海军拱门上的鸽子念下来。"

临走前，她又提了一句褫夺公权法案的问题。

"这事肯定有解释的，亲爱的。"她在门外说道。

格兰特想追着她喊："当然有解释，可到底该怎么解释？"这件事实在不合常理。历史学家说，这起谋杀案引发了人们对理查的极大反感。英格兰的普通百姓因他的罪行而憎恨他，为此宁愿拥戴一个陌生人去取代他的位置。然而，呈交给议会的罪状细数了他的种种恶行，却偏偏对这桩大罪只字未提。

这份罪状起草的时候，理查本人已经去世，他的拥趸也四处流亡。他的敌人完全可以肆意给他安上任何罪名，

---

① 应指第一代马尔伯勒公爵约翰·丘吉尔。

可他们竟然忘了提及那桩惊天惨案。

为什么？

据说王子失踪案已经传遍街头巷尾，正是沸沸扬扬的时候。可当理查的敌人收集他违天悖理的罪行时，竟未囊括他最令人发指一桩恶行。

为什么？

亨利初登大宝，根基不稳，正是要充分利用每一丝优势的时候。论名声，国民几乎不认识他；论血统，他也根本无权继位。公布理查的罪行能为他带来压倒性的优势，可他竟无动于衷。

为什么？

他的王位来自一位声名赫赫的君主。那位君主从威尔士边境到苏格兰边境无人不知无人不晓，向来受到人们的普遍爱戴和敬仰，直至他的两个侄子失踪。这桩令人发指、天理难容的罪孽是亨利面对理查时真正拥有的优势，可他竟偏偏忽略了它。

为什么？

似乎只有"亚马逊"很关心格兰特的难解心事，但并非出于对理查的关注，而是因为她慈悲的心肠不愿眼睁睁看着任何事物误入歧途，她甚至会在走出老远之后特意返回来撕掉别人忘撕的日历。但她安慰人的本能比爱操心的本能还要强烈。

"别担心，"她宽慰道，"解释可能很简单，只是您现在还没想到罢了。您可以去做做别的事情，指不定忽然就想到了。我把东西放错地方的时候，一般都是靠这样想起来的。有时候我在茶水间烧水，或者帮着修女清点无菌敷料的时候会冷不丁想起来：'天哪，我把它忘在巴宝莉的口袋里了。'东西不是重点，我只是打个比方。所以呀，用不着担心。"

威廉斯巡佐眼下正在埃塞克斯的荒野里帮着当地警察判断是谁拿黄铜秤砣砸了老店主的头，叫她死在了鞋带、甘草之类的杂货堆里，所以格兰特暂时指望不上警局的援助。

他孤立无援，直到三天后，小卡拉丹再次出现。格兰特察觉到，此刻卡拉丹身上那股子漫不经心的气质里多了几分深意，几乎有点儿洋洋自得的味道了。好修养的卡拉丹先礼貌地询问了格兰特的身体状况，得到肯定回答后便从松垮的大衣口袋里掏出一沓笔记，随即透过角质镜框朝格兰特开心地笑了。

"什么圣人莫尔，送我我都不要。"他愉快地说。

"不送你，而且没人想要。"

"他可太离谱了。离谱！"

"我猜也是。咱们来关注事实吧。能从爱德华死的那天说起吗？"

"当然。爱德华死于 1483 年 4 月 9 日，驾崩地点是在伦敦，准确地说是在威斯敏斯特，毕竟那时候这俩还不是一回事。当时王后带着女儿们住在那儿，小儿子应该也在，大儿子则在拉德洛城堡跟着舅舅里弗斯勋爵上课。王后家的那群人可谓平步青云啊，这事您知道吗？宫里遍地都是'伍德维尔'。"

"这我知道。继续说。理查呢，他在哪儿？"

"在苏格兰边境。"

"什么？！"

"是的，我没说错。他在苏格兰边境，离了朝堂十万八千里。您猜他有没有嚷嚷着要一匹马，好冲到伦敦去？答案是没有。"

"那他做了什么？"

"他在约克安排了一场安魂弥撒，召集了北方所有贵族并当场宣誓效忠于年轻的王子。"

"有意思。"格兰特冷冰冰地说，"那里弗斯做了什么？就是王后的弟弟。"

"他在 4 月 24 日和王子一起启程前往伦敦，带了两千人马和一大堆武器。"

"他要武器做什么？"

"别问我，我只是个研究员罢了。王后和他的前夫不是生了两个儿子吗？其中的大儿子多塞特侯爵接管了伦敦塔的兵工厂，还得了一大笔钱用来装备舰船称霸英吉利海峡。同时，咨议会还以里弗斯和多塞特的名义——分别是国王的舅舅和国王同母异父的兄弟——发布了多项命令，但是没有提到理查。这就很不合常理了，因为您知道——您应该知道吧？——爱德华指定了理查为小王子的监护人，并在他成年之前担任护国公。爱德华就指了他一个护国公，没有其他人。"

"嗯，这个安排还是很符合他的性格的。于公也好，于私也好，他一直很信任理查。理查南下的时候有没有召集军队？"

"没有。反而带来了六百名北方绅士，个个都很悲恸。4 月 29 日，他抵达北安普敦。他应该是想和拉德洛的人马会合，不过只有一个历史学家提到这事，而且他也只是转述。但是拉德洛的队伍，也就是里弗斯和小王子，没有等他就直接去了斯托尼斯特拉特福。真正在北安普敦等他的是白金汉公爵和三百名士兵。您知道白金汉吗？"

"稍微有点儿印象，爱德华的朋友。"

"对，他快马加鞭从伦敦赶来的。"

"还带了什么最新消息来吧？"

"推测得很合理。总不可能是带了三百个人来表达慰问之情。总之，他们当时在那里开了一次咨议会。理查自己和白金汉公爵的人马都足够开一次合法的咨议会。之后，里弗斯和他的三个副手被逮捕并送往北方，理查则带着小王子前往伦敦，并于 5 月 4 日抵达目的地。"

"嗯，说得清楚明了；而且最清楚不过的是，在这么远的距离和这么短的时间里，理查根本不可能像圣人莫尔说的那样给王后写信，巧舌如簧地诱骗王后只派一小队人护送小王子回伦敦。"

"纯粹是胡扯。"

"事实上，理查完全没做出格的事。他肯定知道爱德华的遗嘱里写了什么，一切行动也都合情合理：安排安魂弥撒，宣誓对新君效忠。前者表达了对兄长的哀思，后者则体现他很在乎小王子。"

"没错。"

"有没有什么逾规越矩的地方？我指理查的行为。"

"很久都没有。他抵达伦敦后发现王后、她的女儿们、她的小儿子，还有她和前夫的儿子多塞特全都躲进了威斯敏斯特大教堂寻求庇护。但除此之外，一切好像都很正常。"

"那他把王子带去伦敦塔了吗？"

卡拉丹翻起了笔记。"我不记得了，可能没查到，毕竟我只是……哦，找到了。没有。他把孩子安顿在圣保罗大教堂的主教宫里，自己则去了贝纳德城堡和母亲一起住。您知道那是什么地方吗？反正我不知道。"

"我知道。贝纳德城堡是约克家在伦敦的住处，就在圣保罗大教堂西边不远的河岸上。"

"哦。他在那里一直住到了 6 月 5 日。之后他妻子从北方赶来，两人一起住进了一个叫克罗斯比宫的地方。"

"它现在还叫克罗斯比宫，只是搬去了切尔西。理查当初给它装上的窗户可能不在了，我最近都没看到，但建筑还是在的。"

"是吗？"卡拉丹高兴地说，"我待会就去看看。仔细一想，他做的事还怪家常的，对吧？进了城先住到妈妈那儿，等妻子来了就搬去和她住。克罗斯比宫是他们家的产业吗？"

"应该只是租的，主人好像是伦敦的一位市政官。这么说，他抵达伦敦的时候，没有迹象表明有人反对他担任护国公，或者他有异心喽？"

"没有。他没到伦敦的时候，大家就已经知道他是护国公了。"

"你怎么知道？"

"专利特许登记簿①的记载里曾有两次称呼他为护国公。让我瞧瞧……分别在 4 月 21 日（爱德华死后不到两星期）和 5 月 2 日（他抵达伦敦前两天）。"

---

① 英国历届政府机构编制的一系列行政记录，自 1201 年延续至今。主要记录英国君主（官方）颁发的专利特许证，公开授权、设立及确立某官方组织，授予某人某种特殊权利，以至授予某人职位、地位或头衔。

"好吧，我认了。难道没有抗议？也没出一点乱子？"

"反正我没找到。6月5日，他下令当月22日为男孩举行加冕仪式，并做了详细安排，甚至还去信召集要被封为巴斯骑士的四十名乡绅。国王在加冕礼上册封骑士好像是一种习俗。"

"5日下的命令，"格兰特喃喃道，"还把加冕仪式定在了22日。他没给自己留多少准备篡位的时间。"

"是啊。记录里甚至还有条为男孩准备加冕礼服的命令。"

"然后呢？"

"没了，"卡拉丹抱歉地说，"我目前只查到这里。后来咨议会里出了点事，好像是在6月8日，不过当时的记录在康明①的《回忆录》里，我目前还没搞到手，有人答应明天让我看看芒德罗②在1901年出版的印本。那天好像是巴斯主教向咨议会透露了一些消息。您知道巴斯主教吗？他叫斯蒂林顿。"

"没听说过。"

"他是什么万灵学院③出身，还是什么约克大教堂的教士。"

---

① 康明（Comines，1447—1511）：法国政治活动家、历史学家，著有记述法国君主时代的编年史《回忆录》，被誉为"法国的第一位人文主义历史学家"。

② 芒德罗：贝尔纳·德·芒德罗（Bernard De Mandrot，1848—1920），法国历史学家、档案保管员。

③ 万灵学院：牛津万灵学院（All Souls College），由英王亨利六世在1438年为纪念反法庭之役去世的战士所建，只招收牛津大学最优秀的学生。

"看来是个博学又值得尊敬的人。"

"这个就要到时候再看了。"

"除了这个康明，还有没有查到当时的其他历史学家？"

"目前还没找到在理查在世期间写过史的。康明是法国人，多少有些偏见，但至少不是都铎的人，所以在有关理查的问题上，他写的东西比都铎时代的英国人写的东西可信度更高。不过我在查理查时代的历史学家的时候，发现了一件有意思的事，正好给您瞧瞧历史是怎么被创造出来的。据说理查三世在蒂克斯伯里战役①之后无情地杀死了亨利六世唯一的儿子，这您听说过吧？信不信由您，这事完全是无中生有。看看它的源头记录就知道。下次再有人跟您说什么'无火不生烟'，您就拿这事堵他。相信我，这烟是两根木棍相互摩擦生出来的，还真就没有火。"

"理查在蒂克斯伯里之战爆发的时候还是个孩子吧？"

"应该有十八岁了。当时的所有史料都说他是名非常英勇的战士。亨利的儿子和理查一样大。当时的所有记载，不管是哪儿的记载，无一不说他死在了那场战役里。接着好戏就开场了。"

卡拉丹不耐烦地翻阅着笔记。

"见鬼，我把它记在哪儿了？啊，有了。听着。亨利七世赞助的历史学家费边说这个男孩被抓到爱德华四世面前，被后者用臂铠击中脸部，随即被他的仆人杀死。不错吧？但波利多尔·维吉

---

① 蒂克斯伯里战役（battle of Tewkesbury）：又译丢克斯伯里战役、图克斯伯里战役，1471年英格兰玫瑰战争期间发生在格洛斯特郡蒂克斯伯里的一场战役，以约克家族获胜告终。战役导致亨利六世的独子、威尔士亲王威斯敏斯特的爱德华死亡。数日后，亨利六世本人也在伦敦塔驾崩。

尔①的说法更精彩。他说是克拉伦斯公爵乔治、格洛斯特公爵理查和黑斯廷斯勋爵威廉亲自下的手。后来霍尔②又往里头塞了个多塞特。结果霍林斯赫德还嫌不够，又添了句笔墨，说是格洛斯特公爵理查第一个动的手。如何？一等一的托纳潘迪，不是吗？"

"纯粹的托纳潘迪，极富戏剧性，通篇没一句真话。要是你还能再听几句圣人莫尔的杰作，我可以再向你展示一下历史是如何被创造的。"

"我听到他就反胃，但还是劳烦您再讲讲吧。"

格兰特翻到相应的段落，读了起来：

> 一些智者认为，他（即理查）暗藏的祸心推动了其兄长克拉伦斯的灭亡。尽管他公开反对处决克拉伦斯，但众人认为他非真心，也未尽全力营救克拉伦斯，因为他早在爱德华国王尚在人世时便有预谋，企图在兄长爱德华突遭变故（他料想兄长毫无节制的进食终将致其早亡），抛下幼子魂归天国（确实如此）后君临天下。由此，众人认为他乐见兄长克拉伦斯的死亡，因为不管克拉伦斯选择忠于小国王，也就是他的侄子，还是选择取而代之，只要他活着，就会妨碍他的计划。

---

① 波利多尔·维吉尔（Polydore Vergil）：人文主义者、历史学家、外交家、牧师。生于意大利乌尔比诺，后加入英国籍，与托马斯·莫尔等人友情甚笃。所著《英格兰史》影响深远，被称为"英格兰历史之父"。

② 霍尔：爱德华·霍尔（Edward Hall, 1496—1547），英国历史学家、律师，曾数度出任英格兰议会议员。代表作《兰开斯特和约克两个卓越贵族之家的结盟》，通称《霍尔编年史》。

但上述论调并无确凿证据，并且所有猜测都可能与事实大相径庭。

"这个刻薄、啰唆、含沙射影的老顽固。"卡拉丹惬意地说。

"我来考考你的聪明才智。你能从上述猜测中找出唯一一则正面信息吗？"

"哈，那当然。"

"你发现了？聪明。我读了三遍才发现那个无可辩驳的事实。"

"理查公开反对处死他哥哥乔治。"

"没错。"

"当然啦，他往里头塞了那么多'众人认为'之类的说辞，"卡拉丹评论道，"大家只会留下负面印象。我说了，圣人莫尔，送我我都不要。"

"咱们还是严谨一点，这些是约翰·莫顿的说法，不是圣人莫尔。"

"都一样。'圣人莫尔'比较好听。反正他喜欢这玩意到想抄下来呢。"

当过兵的格兰特躺在床上，思忖着理查在北安普敦遭遇危机时的专业处理。

"他能兵不血刃地解决掉里弗斯的那两千人实在是厉害。"

"估计对他们来说，如果非要在国王的弟弟和王后的弟弟之间选边站，他们更喜欢前者吧。"

"是啊，而且万一打起来，领过兵的人肯定比一个写书的更有胜算。"

"里弗斯写过书？"

"在英格兰本土印刷的第一本书就是他写的。教养确实很好。"

"哈。那么好的教养也没教会他别去和一个十八岁就位列准将，不到二十五就成了将军的人较劲。知道吗？这件事真的让我很惊讶。"

"你是说理查的军事素养？"

"不，是他的年纪。我一直以为他是个中年牢骚精，谁知道他死在博斯沃思的时候才三十二岁。"

"跟我说说，理查在斯托尼斯特拉特控制了男孩之后，有没有清洗他身边的拉德洛分子？就是说，他有没有把男孩从那些看着他长大的人身边带走？"

"哦，没有。比如他的老师阿尔科克博士就和他一起去了伦敦。"

"所以他并没有急着清算所有潜在的伍德维尔分子，也没有打击所有可能撺掇男孩反对他的人？"

"好像没有，只抓了前面说的那四个人。"

"很好。思路清晰、干净利落，理查·金雀花干得真漂亮。"

"我都有点儿喜欢上他了。我这就去克罗斯比宫瞧瞧。一想到能亲眼看见他生活过的地方就觉得兴奋。等我明天拿到了康明那本书的印刷版就来和您说说在他笔下，1483 年的英格兰发生了哪些事；以及那年 6 月，巴斯主教罗伯特·斯蒂林顿对咨议会说了什么。"

第十章

　　格兰特得知，1483 年的那个夏日，斯蒂林顿告诉咨议会的是：爱德华四世在娶伊丽莎白·伍德维尔之前，已与第一代什鲁斯伯里伯爵的女儿埃莉诺·巴特勒夫人结婚。他好不容易才消化了这个信息，然后问道："他为什么瞒了这么久？"

　　"因为爱德华命令他保密。很正常。"

　　"看来爱德华有秘密结婚的癖好。"格兰特冷冰冰地说。

　　"想必他见了窈窕淑女就走不动道，只有和她们结婚才能平息欲火。而且他对女人向来有他自己的一套，再加上那副好皮囊和那顶王冠，他是绝不可能委屈自己的。"

　　"确实。他娶伍德维尔的时候就是这个套路：贤淑美人，鎏金秀发，秘密婚礼。这就是说，如果斯蒂林顿没有撒谎，爱德华以前就用过这招。那他撒谎了吗？"

"这个嘛，他在爱德华时代好像先后担任过掌玺大臣和大法官，还出使过布列塔尼。所以爱德华要么是欠了他什么，要么就是很喜欢他。从他的立场来说，他没必要捏造事实诋毁爱德华。姑且假设他是那种会凭空捏造的人。"

"是啊，我也觉得不会。"

"不管怎么说，既然这事已经闹上了议会，我们也不用只听斯蒂林顿的一面之词。"

"闹上了议会？"

"是呀，一切都光明正大地摆出来啦。9 日，上议院在威斯敏斯特开了很久的会。斯蒂林顿带了证据和证人出席。之后他又准备了一份报告，准备在 25 日议会开会时提交上去。另外，在 10 日的时候，理查致信约克城，请求他们派兵保护和支持他。"

"哈！终于出乱子了！"

"是的。11 日，他又给表兄内维尔勋爵①写了一封类似的信，可见他真的有危险。"

"肯定有危险。他在北安普敦应对那个突如其来的棘手局面尚且如此从容，如今不会因为一个威胁就方寸大乱。"

"20 日，他带着一小队家臣去了伦敦塔。……您知道

———————
① 第三代威斯特摩兰伯爵拉尔夫·内维尔。

伦敦塔原本不是监狱，而是王室在伦敦的住所吗？"

"嗯，我知道。只是到了如今，被送进伦敦塔只意味着被监禁，这才让它成了监狱的代名词。当然啦，它是王室在伦敦的城堡和唯一戒备森严的要塞，所以在还没有国王陛下监狱^①的时代，罪犯们就被带到伦敦塔里严加看管。理查去伦敦塔干什么？"

"他闯进了几个密谋分子的会议，抓了黑斯廷斯勋爵、斯坦利勋爵和伊利主教约翰·莫顿。"

"我就知道约翰·莫顿迟早会出现！"

"理查发了一份公告，详细说明了这场企图置他于死地的阴谋。但公告原文没能保留下来。三个人里只有一个被处死，但奇怪的是，这名密谋分子似乎是爱德华和理查的老朋友——黑斯廷斯勋爵。"

"对。根据圣人莫尔的说法，他被押到院子里，在附近一根木头上被匆忙砍了头。"

"没这回事。"卡拉丹厌恶地说，"他在一周后才被砍头。当时的一封信里提到了日期。理查杀他也不可能全是为了报复，因为他把没收来的黑斯廷斯财产还给了他的遗孀，还恢复了他那几个孩子自动丧失的继承权。"

"有道理。黑斯廷斯肯定是犯了死罪。"格兰特边翻莫尔的《理查三世史》边说，"因为就连圣人莫尔也说'毫无疑问，护国公深爱他，不愿失去他'。斯坦利和约翰·莫顿后来怎么样了？"

"斯坦利被赦免了——您干吗叫得那么痛苦？"

---

① 国王陛下监狱（His Majesty's Prison，女性君主在位时为 Her Majesty's Prison）：简称 HMP，英国监狱系统的名称。

"可怜的理查，自己给自己判了死刑。"

"判死刑？赦免斯坦利怎么就给他判了死刑了？！"

"就是因为斯坦利临阵倒戈，理查才输掉了博斯沃思之战。"

"不会吧？"

"造化弄人啊。要是理查能像对待他深爱的黑斯廷斯一样，把斯坦利也拉出去砍了，他就能打赢博斯沃思之战，那么都铎王朝就不会存在，它造就的驼背怪物也不会出现。根据理查之前的政绩，他的统治很可能会成为英格兰历史上最优秀、最开明的朝代。那莫顿受了什么处置？"

"什么处置也没有。"

"又是一个大错。"

"至少没有什么实质性的惩罚。他被交给白金汉公爵严加看管，受到了礼遇。真被拉去砍了头的是理查在北安普敦抓的乱党头目——里弗斯和他的副手。另外，简·肖尔被勒令忏悔。"

"简·肖尔？她能跟这事扯上什么关系？她不是爱德华的情妇吗？"

"她是，但是后来好像跟了黑斯廷斯，或者是跟了……我瞧瞧，多塞特。黑斯廷斯和伍德维尔暗中勾结，她是中间负责传信的掮客。现存的一封理查书信就是关于她的。我是说简·肖尔。"

"说的什么？"

"理查的首席律师想娶她。哦，那时候他已经是国王了。"

"他同意了吗？"

"同意了。挺可爱的一封信，字里行间透露的与其说是愤怒，倒不如说是难过——还带着点亮晶晶的泪光。"

"'上帝呀，这些凡人怎么都是十足的傻瓜！'①"

"一语中的。"

"在这件事上，他好像也没有报复心。"

"是的，而且恰恰相反。怎么说呢，我知道推理的事不归我管，毕竟我只是个研究员，可我忽然想到，理查可能是想一劳永逸地结束约克派和兰开斯特派的争端。"

"为什么这么想？"

"因为我之前一直在看他加冕典礼的宾客名单。顺便一提，他的加冕典礼是有史以来出席人数最多的。不管是兰开斯特派还是约克派，几乎所有人都来了。真叫人叹为观止。"

"斯坦利那群墙头草应该也来了吧？"

"应该是，但我和他们没熟到能记住名字。"

"可能你说得对，他想给约克和兰开斯特之间的恩怨画个句号。他可能就是因为这个才饶了斯坦利。"

"这么说，斯坦利是兰开斯特派的？"

"不是。但他老婆玛格丽特·博福特是狂热的兰开斯特分子。博福特家族的祖先是兰开斯特家的私生子。当然啦，私生子不私生子的，她也不在乎。她儿子也不在乎。"

_____

① 出自莎士比亚《仲夏夜之梦》。

"她儿子是谁？"

"亨利七世。"

卡拉丹低低地吹了声长长的口哨。

"您是说，斯坦利夫人就是亨利的母亲？"

"对。亨利是她和第一任丈夫埃德蒙·都铎生的。"

"可……可斯坦利夫人也参加了理查的加冕礼呀，她负责帮王后拎裙裾。我会注意到这点，是因为拎裙裾这个举动不太寻常，我们国家向来不拎裙裾的，所以我觉得这应该是种恩典。"

"简直是天大的恩典。可怜的理查，可怜的理查，没用的。"

"什么没用？"

"宽宏大量没用。"格兰特趁卡拉丹翻笔记的空当躺在床上开动脑筋，"所以议会采纳了斯蒂林顿提供的证据？"

"不只采纳，还把它们写进了法案，并把英王的头衔给了理查。那份法案叫《王室头衔法案》。"

"作为神职人员，斯蒂林顿的形象不太光彩呀。不过他如果太早把事情捅出来，可能会直接没命。"

"您这有点儿强人所难啦。他没必要早说，毕竟也没人受害。"

"那埃莉诺·巴特勒夫人后来怎么样？"

"死在了修道院里，顺便一提，葬在诺里奇的白加尔默罗会教堂。爱德华活着的时候，闭紧嘴巴对所有人都好，可现在牵扯到了王位继承的问题，不管光彩不光彩，他都必须开口了。"

"是的，你说得对。于是那些孩子被议会公开宣布为私生子。之后理查加冕，全英国的贵族都出席了他的加冕典礼。前王后依旧躲在教堂里吗？"

"是的。但她让小儿子去他哥哥那儿了。"

"什么时候的事？"

卡拉丹翻看自己的笔记："6月16日。我记了笔记：'应坎特伯雷大主教的请求，两个男孩都住在伦敦塔。'"

"那是宣布他们是私生子的消息公布之后的事了。"

"是的。"卡拉丹理了理笔记装进外衣巨大的口袋里，"目前查到的就这些了。不过还有个彩蛋。"他用玛尔塔和理查国王看了都会羡慕的优雅姿态，将两侧的衣摆拢到膝盖上："还记得刚才说的那个《王室头衔法案》吗？"

"记得。怎么了？"

"其实亨利七世一即位就下令废除了这个法案，而且不准任何人阅读。他下令销毁该法案本身，禁止任何人保留任何副本，违令者会被罚一大笔钱，而且他一高兴可能还会把人丢进号子里去。"

格兰特愕然瞪大了眼睛。

"亨利七世！"他说，"为什么？这法案废不废，对他来说有什么区别？！"

"我哪知道！不过我打算尽快弄清楚。以及，我这还有点儿东西，留给您在自由女神像送来下午茶之前消遣消遣。"

说着，他将一张纸丢到格兰特胸前。

"这是什么？"格兰特看着这张从笔记本上撕下来的纸问。

"理查那封提到简·肖尔的信。回见。"

卡拉丹走后，格兰特翻开纸片，独自看了起来。

眼前稚嫩的手写体与想象中理查那工整的行文措辞形成了鲜明的对比。但是，无论是乱糟糟的现代字体还是庄重的措辞，都无法破坏这封信的韵味。字里行间体现出的好修养就如醇厚的葡萄酒散发的幽香。这封信翻译成现代语言是这样的：

> 我万分惊讶地听说汤姆·里诺姆想娶威尔·肖尔的妻子。很显然，他对她着了迷，并已下定了决心要娶她。亲爱的主教，我恳请您派人去劝劝他，看看能不能让他的傻脑袋清醒清醒。如果劝诫不成，并且从教会的角度来看他们的婚姻并无不当之处，那么我同意这桩婚事，只是务必请他等我返回伦敦再举行婚礼。这意味着，如果她表现良好，您可以将她释放。我建议您暂时将她交给她的父亲，或者其他您认为合适的人选照料。

正如小卡拉丹所说，信里的"难过多于愤怒"。鉴于这封信谈论的是一个对他造成了致命打击的女人，信中所体现的仁慈和好修养着实令人钦佩。理查在这件事上宽宏大量也不能为他带来任何好处。他能大度地寻求约克党与兰开斯特党的和解或许并非毫无私心，因为国家的统一对他的统治来说大有裨益。可写给林肯主教的这封信里说的只是一件小事，释放简·肖尔除了成全痴情的汤姆·里诺姆之外对任何人都无关紧要，理查的宽容也不会有任何回报。很显然，他希望朋友幸福的本能胜过了报复心。

可以说，任何一个血气方刚的男性都会惊讶于他身上报复本能的淡薄，可他偏偏又是被所有人斥为恶魔的理查三世。这种反差不可谓不让人诧异。

第
十
一
章

　　这封信成功让格兰特消遣了好一阵子，直到"亚马逊"
送茶来。格兰特听着窗台上 20 世纪的麻雀叽叽喳喳，感
慨自己竟然在读一个四百多年前的男人脑海里编织出的句
子。假如有人告诉理查，有人会在四百年后读到他这封关
于肖尔之妻的私密短笺并琢磨他的为人，他应该也会觉得
奇妙吧。

　　"有您的信，真好，是不是？""亚马逊"给他端来
了两片涂了黄油的面包和一个岩皮饼。

　　格兰特把目光从健康得不得了的岩皮饼挪到信封上，
发现信是劳拉写来的。

　　他开开心心地拆开。

亲爱的艾伦（劳拉说）：

没有什么（重复：没有什么）会让我对历史感到惊讶。苏格兰有几座庄严的纪念碑，纪念两名因坚持信仰而惨遭溺死的女殉教者。然而，她们其实既没有被溺死，也不是什么殉教者。她们犯了叛国罪，好像是因为搞地下间谍活动，接应敌军从荷兰入侵，总之只是一项普普通通的民事指控，而且枢密院还在收到她们的请愿后批准了缓刑，记录至今保存在枢密院的登记册上。[①]

但苏格兰的殉教者收藏家们可不会顾忌这些。每个苏格兰人的书柜里都能找到她们的悲惨结局和揪心对白，而且她们说的话在每个版本里都不一样。其中一名女子的墓碑在威格敦教堂，上面刻着：

　　她奉无上基督，为他教会的主

　　她因而遭屠戮，脱解雁罪之苦

　　她不屈从主教

　　不肯弃绝长老

　　遂被绑上木桩推入海中

　　为拥护基督耶稣而蒙难

据说长老会甚至拿她们当布道主题呢。但我也只是听说。

[①] 1865 年 5 月 11 日，两名誓约派教徒玛格丽特·威尔逊和玛格丽特·麦克劳克伦因拒绝承认苏格兰国王詹姆斯七世（英格兰国王詹姆斯二世）为苏格兰教会首领而被绑上木桩，任由涨潮溺死。详情请参见威格顿殉教者（Wigtown Martyrs）的故事。

游客纷至沓来，对着感人的碑文摇头慨叹，于是大家都有了自己的收获。

然而，最早收集这个故事的人在威格顿当地展开详细调查时却曾抱怨说"很多人否认发生过这件事"，而且根本找不到任何目击者。此时距离事件发生仅过了四十年，而且正值长老会势力的全盛时期。

很高兴你的身体已逐渐康复，这让我们大家都松了一口气。只要你稍微安排一下，休病假时应该正好能赶上河里涨水，不过眼下水位还很低。等你身体好些了，水深应该足以让鱼儿和你都满意。

爱你的我们，
劳拉

另：说来也怪，每当你告诉他们一个传言背后的真相，他们不会去怪罪始作俑者，反而会生你的气。他们讨厌别人质疑他们的想法。我想大概是因为他们反感这种质疑带给他们的隐约的不安感，所以拒绝接受也拒绝深思。其实，如果他们只是不把它当回事，那是正常的，也情有可原，可他们的反应却激烈得多——他们会恼羞成怒。

是不是很奇怪？

又是"托纳潘迪"，格兰特想。

他开始怀疑，在他眼中向来代表了英国历史的教科书里究竟潜藏着多少"托纳潘迪"。

现在他知道的事情多了，就又翻开了圣人莫尔的书，看看同样的段落现在读起来会是什么感觉。

若说那些段落在他还只能靠自己的辩证思维来审视的时候已经显得庸俗别扭，有些地方甚至荒诞不经的话，如今再读就只会感到厌恶了。他现在的感觉拿劳拉家的小帕特的话来说就是"恶心"。与此同时，他也感到十分困惑。

这是莫顿的说法。而莫顿是当时事件的目击者和参与者，肯定对那年整个 6 月发生的事情了如指掌。可他却一次都没提到过埃莉诺·巴特勒夫人，也没提到过《王室头衔法案》。莫顿口口声声说，理查在谋求王位时声称爱德华秘密迎娶的对象是伊丽莎白·露西。可他同时又指出伊丽莎白·露西始终否认自己曾与国王结婚。

莫顿为什么树了靶子却什么也没做就把它撤了下来？

他为什么要把埃莉诺·巴特勒替换成伊丽莎白·露西？

难道是因为他可以否认露西曾嫁给国王，却否认不了埃莉诺·巴特勒？

但可以肯定的是，推翻理查主张的私生子论调对某人来说极为重要。

既然莫顿（虽然笔迹是莫尔的）是为了亨利七世著书，那这个"某人"很可能就是废除《王室头衔法案》并且禁止任何人保留副本的亨利七世。

格兰特的脑海中又浮现出卡拉丹说过的话。

亨利废除了这项法案，不准任何人阅读。

他迫切需要让所有人遗忘这项法案的内容，为此不惜专门下令将其完全销毁，一份不留。

此事究竟为什么对亨利七世如此重要？

理查的权力和亨利有什么关系呢？他又不可能通过推翻理查的继承权来建立自己继承王位的合法性，因为亨利·都铎的继承权就算再微弱也属于兰开斯特一脉，约克的继承人根本无法置喙。

那么，究竟是什么原因使得亨利执意抹除大众对《王室头衔法案》的记忆？

为什么要让一个没被人怀疑过曾嫁给国王的情人顶替埃莉诺·巴特勒的位置？

这些问题让格兰特非常愉快地消磨了晚饭前的时间，直到门房捏着一张纸条进来找他。"前厅的人说，这是您那位年轻的美国朋友留给您的。"门房递给他一张折好的纸条。

"谢谢。"格兰特说，"你对理查三世了解多少？"

"有奖励吗？"

"什么奖励？"

"回答问题的奖励。"

"没有。好奇地问问罢了。你对理查三世了解多少？"

"他杀了很多人。"

"很多？不是只有两个侄子吗？"

"不，怎么可能。我虽然不太懂历史，但这个还是知道的，他杀害了他的哥哥，他的表亲，伦敦塔里的老国王，最后才杀了他那两个小侄子。简直是杀人批发户。"

格兰特想了一会儿。

"如果我告诉你他根本没杀过人，你怎么说？"

"我会说，您爱怎么想就怎么想。有人觉得地球是平的，有人觉得公元 2000 年是世界末日，还有人觉得地球诞生撑死了也没五千年。星期天去大理石拱门①走一遭，保管您听到的比这更精彩。"

"这么说，这问题无趣得让你连想都懒得想一下喽？"

"有趣程度倒还好，就是不太靠谱。不过您不用理我，扩大范围，多抓几个人问问，或者找个周末去大理石拱门宣传宣传，保证有一堆人追随您，兴许还能搞个什么运动呢。"

他好兴致地草草比了个敬礼动作，自顾自地哼着小曲走了，轻松惬意，无动于衷。

"老天保佑，"格兰特想，"我可能真会这么干。再在这件事上陷下去，我真要跑到大理石拱门下面，搬个肥皂箱站上去喽。"

他展开卡拉丹的字条读了起来："您说想知道理查有没有对其他潜在的王位继承人赶尽杀绝，我说的是继承权不比两个王子低多少的那些，我忘了问您能不能帮我列个清单，我好对着查？我感觉这件事挺重要的。"

好吧，就算全世界都对此无动于衷，轻松惬意地哼着小曲往外走，至少还有这位年轻的美国小伙与他并肩作战。

他丢开圣人莫尔和他笔下有如周末小报一般歇斯底里的场面和荒谬的指控，拿过严谨学者笔下的历史书，准备把能威胁到理查三世的英国王位继承人一一列举出来。

---

① 大理石拱门（Marble Arch）：位于英国伦敦牛津街西端的一座白色大理石建筑，几乎正对着海德公园的演说者之角。

在丢开莫尔和莫顿的那一刻，他忽然想起一件事。

莫尔所描述的塔中会议里那歇斯底里的一幕，也就是理查突然发难，疯狂攀咬说有人使了巫术让他的手臂萎缩的举动中，他控诉的"巫女"是简·肖尔。

即便在纯粹的路人看来，这一幕都是荒谬且令人厌恶的。这与理查提到她的信件里那种温和、宽容、近乎随意的口吻形成了惊人的对比。

老天保佑，格兰特又想，如果非要我在写那本书的人和写那封信的人之间选一个，不管他们俩究竟做了什么，我都会选写那封信的人。

一想到莫顿，他又不得不先放下约克家族王位继承人名单，转而先去弄清楚约翰·莫顿后来的经历了。他似乎在被白金汉公爵监禁期间组织了一场伍德维尔与兰开斯特党的联合反叛（亨利·都铎会率军从法国乘船渡海，多塞特和其他伍德维尔成员则率领他们能够煽动的所有英格兰内部理查反对派与他会合）。之后逃回老巢伊利地区，并从那里逃往欧洲大陆，直到一个叫亨利的家伙打赢博斯沃思战役并登上王位才回来。后来，他成了坎特伯雷大主教，又捞到了红衣主教的帽子，并因为"莫顿之叉"而名留青史。这"莫顿之叉"几乎是所有学生对他的主子亨利七世的唯一印象。

那天晚上余下的时间里，格兰特都在快乐地翻着史书寻找王位继承人。

人数还真不少。有爱德华的五个孩子，还有乔治的一双儿女。就算这两者分别因为属私生子和父亲谋反而丧失了继承权，那么还有一脉作数——理查的姐姐伊丽莎白的儿子。伊丽莎白是萨福克公爵夫人，儿子是林肯伯爵约翰·德拉波尔①。

令格兰特始料未及的是，理查家里竟还有一个男孩。看来，降生在米德尔赫姆的那个孱弱男孩并不是理查的独子，他还有一个私生子，名叫约翰，格洛斯特的约翰。一个在地位上无足轻重，但却得到承认并养在家中的男孩。在那个时代，带私生子回家是理所当然的事。事实上，"征服者威廉"②已经让它成了一种时尚。此后的征服者都追随他宣称私生子并非劣等，大抵是想借此补偿私生子身份实际带来的种种劣势吧。

格兰特列了个小备忘录：

> 爱德华：威尔士亲王爱德华、约克公爵理查、伊丽莎白、塞西莉、安妮、凯瑟琳、布里奇特
>
> 伊丽莎白：林肯伯爵约翰·德拉波尔
>
> 乔治：沃里克伯爵爱德华、索尔兹伯里女伯爵玛格丽特
>
> 理查：格洛斯特的约翰

他又给小卡拉丹抄了一份，同时思忖着，怎么会有人（尤其是理查）觉得除掉爱德华的两个儿子就不会有人谋反了？用小卡拉

---

① 约翰·德拉波尔（John de la Pole，1460—1487）：第二代萨福克公爵约翰·德拉波尔和约克的伊丽莎白的长子，第一代林肯伯爵。理查三世在儿子和继承人米德尔赫姆的爱德华死后将他立为继承人。

② "征服者威廉"（William the Conqueror，1028—1087）：英格兰国王威廉一世。终身未婚的诺曼底公爵罗贝尔一世和情妇埃尔蕾瓦之子，在成为英格兰国王之前通常被称为"私生子威廉"，但仍在1035年继承父亲的爵位成为诺曼底公爵。

丹的话说，这里遍地是王嗣，个个都该是理查的眼中钉。

他头一回意识到，谋杀那两个小男孩不仅无用，而且愚蠢。

而若说理查最不可能拥有什么特质，那无疑就是愚蠢。

格兰特拿来奥利芬特的书，想看看他怎么看待这个明显的漏洞。

"奇怪的是，"奥利芬特说，"理查似乎从未以任何形式公布过他们的死讯。"

这已经不只是奇怪，而是让人无法理解了。

如果理查想除掉他哥哥的两个儿子，肯定会做得干净利落，让他们死于热病，再按王室惯例把尸体公之于众，让大家都知道他们已不在人世。

没人能断言某人绝不会杀人。格兰特在维多利亚堤岸①干了这么多年，对此再清楚不过。但在一定程度上，人们确实可以断言一个人绝不会犯傻。

尽管如此，奥利芬特却毫不怀疑这桩谋杀案的真实性，他笔下的理查就是那个恶魔理查。或许历史学家在研究中世纪和文艺复兴这样庞大的议题时，没有时间停下来分析细节吧，奥利芬特接受了圣人莫尔的说辞。尽管他会时不时地对各种不合逻辑之处提出疑问，但他终究没能看到，这些不合逻辑之处正在一点点蛀空他的理论基础。

格兰特捧着奥利芬特继续往下看。加冕典礼过后，理

①　苏格兰场所在地。

查开始巡视英格兰。牛津、格洛斯特、伍斯特、沃里克，他所到之处并没有出现任何反对的声音，只有大家对新国王的祝福和感恩，为将来会有一个稳定、高效的好政府而欢庆。爱德华的突然离世没有像大家担心的那样让国家再次陷入多年来的派系斗争或围绕爱德华之子展开新的内战。

然而，据听信圣人莫尔的奥利芬特说，理查就是在这场充满欢呼与赞美的巡视之中派遣蒂勒尔返回伦敦，除掉了正在伦敦塔里接受教育的两个小男孩。此事发生在7月7日至15日之间，理查巡视至沃里克的时候。也就是说，在他身处约克王权在威尔士边境地区的大本营，个人安全感达到顶峰的时候，他设计除掉了已沦为私生子的两个孩子。

极其不合理。

格兰特不禁怀疑，历史学家是不是和那些轻信于人的大人物一样缺乏常识。

他需要立刻弄清，既然蒂勒尔在1485年7月就做了那勾当，为何直到20年后才被绳之以法。在此期间，他去了哪里？

理查生命中的这个盛夏宛如4月倒春寒，满怀希望却又骤然落空。秋天来临之际，他不得不面对伍德维尔家族和兰开斯特势力的联合入侵，而这正是莫顿离开英格兰之前一手策划的诡计。兰开斯特人的表现没有令莫顿失望：他们带来了一支法国舰队和一支法国军队。但伍德维尔家族却没能掀起什么风浪，只是在几个相距甚远的城镇里制造了零星的骚乱：吉尔福德、索尔兹伯里、梅德斯通、纽伯里、埃克塞特，还有布雷肯。英格兰人不愿牵扯上亨利·都铎，因为不认识；他们也不想和伍德维尔有瓜葛，因为腻烦了。就连英格兰的天气也与他们作对，塞文河的洪水冲走了多塞特让同母异父的妹妹嫁给亨利·都铎而坐上英格兰后位的希望。亨利试图在西部登陆，奈何德文和康沃尔已怒气当头、全副武装。他只好起锚逃回法兰西，静待时机卷土重来。"伍德维尔"们纷纷逃往法国宫廷，多塞特也加入了他们的行列。

莫顿的计谋就这样被秋雨和英国人的冷漠化解，理查也得以享有片刻安宁，可随之而来的春天却为他带来了永远化不开的悲恸——丧子之痛。

历史学家说："据说国王几近悲痛欲绝，看来他尚有一丝舐犊之爱，并未彻底沦为无情无义的恶魔。"

他尚未丧失的似乎还有夫妻之爱，因为在不到一年后，王后安妮去世时，他同样表现出了巨大的哀痛。

此后，他除了等待前次失败的入侵军卷土重来，维持英格兰的战备状态，殚精竭虑充盈空虚的国库之外，再无其他念想。

他已然尽了人事。他的议会堪称模范。他与苏格兰议和，并为自己的外甥女与詹姆斯三世的儿子安排了一桩婚事①。他曾极力争取与法国媾和，但失败了。因为法国宫

---

① 罗撒西公爵詹姆斯·斯图亚特（后来的苏格兰国王詹姆斯四世）和安妮·德拉波尔。最终两人未能成婚。詹姆斯四世后来娶了亨利七世的女儿玛格丽特·都铎。

廷里有亨利·都铎。他可是法国人的心头好①。亨利登陆英格兰只是时间问题，而这一次，他的后盾将更加强大。

格兰特忽然想起了斯坦利夫人，也就是亨利那位积极为儿子运作的兰开斯特派母亲。她在秋季那场令理查的盛夏戛然而止的入侵里扮演了什么角色？

他在密密麻麻的文字记载中苦苦寻找，最后终于找到了答案。

斯坦利夫人因与儿子勾结串通而被判谋逆。

但事实再次证明，理查还是太过心慈手软，以至于害了自己。他没收了斯坦利夫人的财产，却将其连同斯坦利夫人本人一并移交给了她的丈夫"严加看管"。但可笑而又可悲的是，斯坦利几乎肯定与他的妻子一样，早就对那场入侵了如指掌。

理查作为一个顶着"恶魔"称号的人，行事实在有些名不副实了。

当格兰特渐渐沉入梦乡，一个声音在他的脑海中响起："既然男孩们已在7月惨遭杀害，而伍德维尔与兰开斯特的联合入侵又是在10月，那叛军为什么不以暴君谋杀稚子的名义揭竿而起，夺取大义名分呢？"

这场入侵声势浩大，涉及了十五艘战舰和五千名雇佣兵，不是一朝一夕就能准备妥当的，显然是在谋杀发生之前就早有预

---

① 1484年，布列塔尼公爵弗朗索瓦二世患病导致对布列塔尼公国的统治能力受损。理查三世几乎已与布列塔尼的财务大臣皮埃尔·朗代达成协议。布列塔尼同意交出亨利·都铎和他叔叔贾斯珀·都铎，英格兰则派遣3000名长弓手协助布列塔尼应对潜在的法兰西威胁。但由于时为佛兰德主教的约翰·莫顿及时通风报信，叔侄二人成功逃往巴黎，并在法兰西摄政安妮·德·博热的庇护和支持下于1485年再次入侵英格兰。

谋。但如果谋杀之事已然暴露，那么在叛军实际起兵的时候，理查的恶名一定已尽人皆知。他们为什么不在英格兰大肆宣扬理查的暴行，叫心生恐惧的人们纷纷投奔他们帐下？

第十二章

"冷静，冷静，"第二天早上醒来时格兰特对自己说，"你开始偏袒他了。这可不是调查时该有的态度。"

因此，出于道德操守，他决定扮演公诉人的角色。

假设"巴特勒事件"是子虚乌有的陷害，是斯蒂林顿凭空捏造的。再假设上下两院出于希望建立稳定政府的考虑，甘愿对此睁一只眼闭一只眼。

如此情况能否促使理查杀掉两个男孩？

不能吧？

如果故事是杜撰的，那要除掉的人就是斯蒂林顿。埃莉诺夫人早就死在了修道院里，不可能随时翻供，导致《王室头衔法案》流产，但斯蒂林顿可以。然而，斯蒂林顿显然没有受到生命威胁，甚至比被他推上王位的理查活得还长。

突然中断的继位流程和加冕典礼筹备工作要么得益于出色的局面掌控，要么是早有预谋之人在听闻斯蒂林顿抖出的"晴天霹雳"后顺理成章的部署。但爱德华和巴特勒的婚约得到签署与见证时，理查才……几岁来着？十一岁？十二岁？总之他不太可能知道这件事。

如果"巴特勒事件"是为了迎合理查而编造的，那后者一定会报答斯蒂林顿。然而，斯蒂林顿似乎并未因此坐上红衣主教的位置，也未曾获得任何恩典或一官半职。

证明"巴特勒事件"属实的最确凿的证据是亨利七世急于销毁它的举动。如果这件事是无中生有，他应该让斯蒂林顿翻供，再把整件事情公之于众，从而败坏理查的名声。然而事实恰恰相反，他对此噤若寒蝉。

这时，格兰特厌恶地意识到，自己又成了被告的辩护人。他决定丢开整件事情，忘掉理查·金雀花，去看拉维尼亚·菲奇，去看鲁珀特·鲁热，去看柜子上贵得要命却惨遭无视的其他当代热门作家的作品，直到小卡拉丹带着新的调查结果再度来访。

他把塞西莉·内维尔孙子辈的谱系简图装进信封，写上卡拉丹的地址，交给"小矮人"帮忙寄出，接着拿起被威廉斯巡佐靠在书堆边的画像，毫不犹豫地翻过来盖在长凳上，避免被那张脸诱惑，然后伸手拿了赛拉斯·威克利的《汗水与犁沟》。此后，他从赛拉斯笔下的阴险角逐看到拉维尼亚的杯盏人生，又从拉维尼亚的杯盏人生看到鲁珀特的冷嘲热讽，越看越不耐烦，直到布伦特·卡拉丹再次出现在他眼前。

甫一见面，卡拉丹就焦急地问道："格兰特先生，您好像没上次那么精神了。是不是不舒服？"

"确实不怎么样，不过是在理查的事情上。"格兰特说，"我又发现了一个新的'托纳潘迪'。"

他把劳拉那封关于没被溺死的女人的信递了过去。

卡拉丹津津有味地读了起来，脸上像慢慢探头的阳光一样一点点亮起快意，最后光彩照人。

"天哪，简直完美。质量上乘、地地道道的'托纳潘迪'，不是吗？挺好，挺好。您是苏格兰人吧？以前不知道这事？"

"只是苏格兰裔罢了。"格兰特说，"我当然知道这些所谓的圣徒里没有一个死于'信仰'，只是不知道其中一个，或者说两个，根本没死。"

"不是死于信仰？"卡拉丹疑惑地反问道，"您是说，整件事情全都是'托纳潘迪'？"

格兰特笑了，诧异地说："是的，我以前从没想过这个问题。我早就知道所谓的'殉教者'和埃塞克斯那个即将因为杀了老店主而送命的畜生是半斤八两，所以早就不再考虑这种问题了。在苏格兰，受死的都是因为犯了罪，没有别的原因。"

"我以为他们是很神圣的一群人？我是说誓约派^①。"

---

① 誓约派（Covenanters）：又称圣约派，基督教新教加尔文宗派别。十七世纪苏格兰宗教和政治运动成员，支持苏格兰长老会及其领导人在宗教事务中占据首要地位，反对主教制。

"你是看了描绘19世纪秘密宗教集会的画吧？一小群人坐在石楠丛中虔诚地聆听布道。年轻人全神贯注，长者的白发在上帝的清风中飘扬。实际上誓约派和爱尔兰共和军①没两样。他们是一小撮顽固不化的极端分子，是让基督教国家蒙羞的最嗜血的一群人。如果你星期天不参加秘密集会而上了教堂，那周一醒来很可能会发现谷仓被烧了，或者马被挑了脚筋。如果你反对得更明目张胆一点，就会吃枪子儿。光天化日之下在法夫②的道路上当着他女儿的面射杀夏普大主教③的那几个人就是这场运动的大英雄。他们被狂热的追随者赞誉为'我主麾下热诚的勇士'，在誓约派信徒的簇拥下神气又安稳地在西部生活了好长一段时间。一个所谓的'福音传教士'在爱丁堡的大街上打伤了霍尼曼主教④。这伙人还把卡斯费恩的一位老教区牧师射杀在了他家门口。"

"听起来确实很爱尔兰，不是吗？"

"可他们其实比爱尔兰共和军烂多了，因为里头还有

① 爱尔兰共和军（Irish Republican Army，缩写 IRA）：1919 年由爱尔兰义勇军改制而来的军事组织，旨在推进爱尔兰独立，后旨在联合爱尔兰。历史上因为使用恐怖手段而被许多国家视为恐怖组织。于 2005 年宣布终结武装斗争，只通过和平方式，协助发展纯政治和民主计划。
② 法夫（Fife）：苏格兰地区的一座半岛。
③ 指詹姆斯·夏普（James Sharp，1618—1679），圣安德鲁斯大主教，因支持主教制度而与支持长老制的苏格兰教会人士发生冲突，后被暗杀。
④ 指安德鲁·霍尼曼（Andrew Honeyman，1619—1676），苏格兰牧师，1664 至 1676 年间担任奥克尼主教。1668 年 7 月 11 日在爱丁堡与夏普大主教一起登上马车时，被试图暗杀夏普大主教的詹姆斯·米切尔开枪击中手臂。由于子弹带毒，最终霍尼曼主教于 1676 年 2 月在柯克沃尔去世。

第五纵队①的成分。他们受荷兰的资助，武器也是荷兰给的。他们的运动压根不是'孤注一掷'，知道吗？他们一有机会就想着推翻政府，统治苏格兰。什么传教，纯粹是拱火，是疯狂煽动暴乱。当时的政府面对那么大的威胁已经够克制了，要是换了现在的政府，没一个能有那样的耐心，特赦一个又一个誓约派。"

"真想不到，我还以为他们是在争取以自己的方式膜拜上帝的自由呢。"

"没人禁止他们以自己喜欢的方式崇拜上帝。信不信由你，他们就是想把自己那一套教会管理方法强加给苏格兰，甚至英格兰。你有机会看看《国民誓约》②就知道了。根据誓约派的信条，任何人都不得有信仰自由。当然啦，誓约派信徒除外。"

"那游客们去瞻仰的那些墓碑和纪念碑……"

"全是'托纳潘迪'。如果你看到某某约翰的墓碑上写着什么'献身于圣经和苏格兰宗教改革的圣约事业'，下边还有一段关于'葬身暴政的一抔尘土'之类的感人小诗句，那这个某某约翰肯定是犯了什么可以构成死刑的重罪并被某个正式法庭定了罪。他的死和圣经八竿子打不着。"格兰特轻笑一声，"你知道最讽刺的是什么吗？一群在当时被其他苏格兰人视为眼中钉肉中刺的人，竟被提升到了圣徒和殉教者的高度。"

"想必是谐音捣的鬼。"卡拉丹若有所思地说。

"什么？"

---

① 第五纵队（fifth column）：起源于西班牙内战期间，意指潜伏在内部进行破坏的团体。现泛称隐藏在对方内部、尚未曝光的敌方间谍。
② 《国民誓约》（Covenant）：又称《民族圣约》，1638 年签署，旨在反对国王查理一世提出的苏格兰教会改革建议。

"就像'猫子'和'耗子'。"

"你在说什么？"

"那首猫子和耗子的讽刺诗，记得吗？您说几个词一谐音就让它听起来很恶毒？"

"是的，弄得它很歹毒。"

"'龙骑兵'①这个词也一样。龙骑兵只是当时的警察吧？"

"是的，骑马步兵。"

"但我一听'龙骑兵'这个词就觉得很可怕，其他人应该也和我一样。这个词给人的印象渐渐变了味。"

"对，这下我听懂了。大家总以为他们有通天的本事，可实际上政府只有这么一小撮人来维持那么大范围的治安，他们不仅奈何不了誓约派，差得还不止一点点。'龙骑兵'（读作'警察'）没有逮捕令就不能逮捕任何人（连想拴马都得先申请许可），但誓约派却可以随心所欲地躺在石楠丛里，肆无忌惮地干掉'龙骑兵'。当然，他们也是这么做的。结果现在却有一大堆文学作品竭力刻画石楠丛里攥着手枪、吃尽苦头的可怜'圣人'，反倒是因公殉职的'龙骑兵'成了怪物。"

"就像理查。"

"就像理查。你跟咱们自己的'托纳潘迪'相处得怎么样了？"

---

① 龙骑兵（Dragoon）的读音与西方龙（Dragon）相近，而西方龙往往被视为残忍、邪恶的生物。

"这个嘛，我还没弄明白亨利为什么急着封锁和废除那个法案。它的确被尘封多年，被世人遗忘，直到有人偶然在伦敦塔的记录里发现了它的草稿，然后在1611年刊印了出来。斯皮德①在他的《大不列颠史》里刊载了法案全文。"

"哦，所以《王室头衔法案》没有任何疑点喽？理查依法登基，圣人莫尔的说法纯属无稽之谈。整件事里根本没出现过什么伊丽莎白·露西。"

"露西？谁是伊丽莎白·露西？"

"哦，我忘了，那时候你不在。圣人莫尔说，理查当年声称爱德华秘密结婚的对象是一个叫伊丽莎白·露西的情人。"

一提到圣人莫尔，小卡拉丹那张温和的脸上总会出现厌恶的神情，眼下他看起来像要吐了。

"胡说八道。"

"圣人莫尔自鸣得意地如是说。"

"他们为什么要隐瞒埃莉诺·巴特勒？"卡拉丹看出了问题所在。

"因为她真的嫁给了爱德华，孩子们也真的是私生子。顺便一提，如果孩子们真是私生子，那就没有人会站出来支持他们，他们也就不会对理查构成威胁。伍德维尔和兰开斯特造反的时候打的旗号是亨利而不是两个孩子，即使多塞特是他俩同母异父的哥哥，注意到了吗？问题是那时候应该还没有他们失踪的消息传出来呢。也就是说，那些孩子根本无关紧要，至少

---

① 斯皮德：约翰·斯皮德（John Speed，1542—1629），英国著名历史学家及地图制作家。

对一手发动这次叛乱的多塞特和莫顿以及其他领导者们来说是这样的。他们支持的是亨利。如果亨利上了位，多塞特就有了一个国王妹夫和一个同母异父的王后妹妹。这样一来，他这个身无分文的逃亡者就一下子咸鱼翻身啦。"

"是的，是啊！您说得有道理！这样多塞特不支持他那两个同母异父的弟弟就说得通了。要是英格兰能有一丁点可能接受那个孩子，他肯定会扶他上王位的。我也发现了一件有意思的事。王后和她的女儿们很快就离开了教堂。您提到她儿子多塞特的时候，我想起来了。她不仅离开了教堂，还若无其事地安顿下来了。女儿们还去宫里参加宴会呢。您知道条件是什么吗？"

"什么？"

"这还是在王子们'遇害'之后的事呢。听着啊。她的两个儿子被恶叔叔害死了，而她却写信给远在法国的另一个儿子多塞特，让他回家与理查和解，还说理查一定会善待他的。"

鸦雀无声。

今天连多嘴的麻雀都不在了，只有雨水打在窗户上滴滴答答的声音。

"来点评论？"沉默了好一会儿后卡拉丹说。

"这么说吧，"格兰特说，"从警察的角度来看，抓不了理查呀。我是说真的，不是说这案子不够大，案子绝对够上法庭了，只是根本没法对他形成任何指控。"

"确实。而且您寄给我的那张名单，我告诉您，理查死在博斯沃思的时候，那上面的每一个人都活得好好的，而且都很有钱，也没被收监。不仅没被收监，还过得有滋有味。爱德华的孩子们不仅能参加宫廷宴会，甚至还享有年金。理查失去儿子之后，还在那群孩子里选了一个当王储。"

"谁？"

"乔治的儿子。[①]"

"所以他有意恢复乔治家那两个孩子的继承权喽？"

"是的。他当时就反对处决乔治，记得吗？"

"对，连圣人莫尔都是这么说的。这么说来，'恶魔'理查三世统治时期，英格兰王位的所有继承人都在无拘无束地过自己的日子喽？"

"不止，他们还参与了各种大事。我的意思是，活跃在王室和整个王国的各项事务中。这些天我一直在看一个叫戴维斯的人写的约克志。是约克的地方志，不是约克家族的。乔治的儿子小沃里克伯爵和他的表哥林肯伯爵都是地方议会的成员。约克镇还在1485年给他们写过信呢。更重要的是，理查在约克举行的盛大仪式上给自己的儿子册封骑士的时候，把小沃里克也捎上了。[②]"他

---

① 15世纪历史学家约翰·劳斯（卒于1492年）曾在其《英格兰国王史》（*Historia Regum Angliae*）中提到理查立沃里克为王储，但缺乏其他史料支持，且劳斯的《英格兰国王史》在现代史学界的评价不高，需要慎重参考。另有研究表明，理查在位的最后一年似乎在事实上给予了姐姐伊丽莎白的儿子林肯伯爵约翰·德拉波尔王储的地位和待遇，但是没有正式宣布。也有说辞认为，理查确实曾在1484年答应过立沃里克为继承人，但只是为了宽慰当时病重的安妮王后，在她死后就立刻将目光转向了林肯伯爵。

② 1483年，理查继位之后即开始巡视王国，途中在约克办了盛大典礼，正式册封儿子米德尔赫姆的爱德华为威尔士亲王、切斯特伯爵。第十七代沃里克伯爵爱德华·金雀花应该也是在这时被册封为骑士。

顿了好一会儿，接着忽然道，"格兰特先生，您想不想为这件事写本书？"

"写书？！"格兰特诧异道，"饶了我吧。你怎么忽然问这个？"

"因为我有这个想法，写这件事肯定比写农民起义好多了。"

"你尽管写。"

"是这样的，我想拿出点成绩来给我爸看。他老觉得我不行，因为我对家具、营销、销售图表之类的东西都不感兴趣。要是他能拿到一本我写的书，可能就会觉得我也不是那么无可救药，说不定还会到处显摆呢。"

格兰特一脸慈爱地望着他。

"你去过克罗斯比宫了吧？觉得怎么样？"他说。

"哦！很不错，棒极了。要是让'卡拉丹三世'看见，说不定要闹着把它搬回美国，在阿迪朗达克山脉找个地方建个一模一样的。"

"要是你写了那本理查的书，他肯定会闹着搬回去。他会觉得自己是它的精神股东。你打算给它起什么名字？"

"您说书名？"

"对。"

"我要借用亨利·福特[①]的一句话：历史是胡扯。"

---

① 亨利·福特（Henry Ford, 1863—1947）：美国汽车工程师与企业家，1903 年创立福特汽车公司。

"妙哉。"

"不过我还得看更多书，查更多资料才能开始写。"

"那是肯定的，你甚至还没触及最核心的问题。"

"是什么？"

"到底是谁杀了那两个孩子？"

"对，对。"

"还有，如果亨利接管伦敦塔的时候，孩子们还活着，那他们后来究竟怎么样了？"

"是的。我会继续查的，我还要弄清楚亨利到底为什么执着于封锁《王室头衔法案》。"

卡拉丹起身准备离开时注意到了扣在桌子上的画像，他伸手小心翼翼地将它靠回书堆。

"你乖乖在这待着，"他对画中的理查说，"我这就把你送回属于你的位置。"

待他拐出房门，格兰特出声道："我刚刚想到了一段不是'托纳潘迪'的历史。"

"是什么？"卡拉丹的声音从门外传来。

"格伦科惨案①。"

"它真的发生了？"

"真的发生了。而且——布伦特！"

布伦特又探出头来。

---

① 格伦科惨案（Massacre of Glencoe）：苏格兰历史上的一次大屠杀事件。1692 年，格伦科当地的麦克唐纳家族因未能及时向威廉三世（苏格兰称威廉二世）和玛丽二世宣誓效忠，在毫无防备之下被威廉的军队屠杀，造成约 30 人死亡。

"嗯？"

"而且下令屠杀的人是个狂热的誓约信徒。"

第十三章

　　卡拉丹离开还不到二十分钟，玛尔塔就带着大包小包的鲜花、书籍、糖果和善意出现了。此时的格兰特还深陷在卡思伯特·奥利芬特爵士笔下的 15 世纪里。他心不在焉地跟玛尔塔打了个招呼，让玛尔塔感到很不适应。

　　"如果你的小叔子杀了你的两个儿子，但是每年都给你一大笔钱，你会拿这笔钱吗？"

　　"这应该是个反问句吧？"玛尔塔边说边放下手中的花束，左顾右盼地想看看哪个插满花的花瓶最衬她带来的花。

　　"老实说，我觉得历史学家都疯了。听听这个——

　　"'太后的行为令人费解。是因为害怕被强行带出庇护所？抑或是因为厌倦了在威斯敏斯特的孤寂生活而麻木地选择与杀害儿子的凶手握手言和？答案不得而知。'"

"天哪！"玛尔塔一手拿着代尔夫陶瓶，一手拿着玻璃瓶，满脸不可置信地望着他。

"你说，历史学家是不是从不回头看看自己写了些什么？"

"那个太后是谁？"

"伊丽莎白·伍德维尔，爱德华四世的妻子。"

"哦，知道了。我演过她一次，都算不上'一次'，只能说是'一下'，在一部'造王者沃里克'的剧里。"

"不过我只是个警察，"格兰特说，"可能是因为我没进过他们的圈子，也可能我遇到的全是好人。到底上哪儿找一个能和杀了她两个儿子的仇人交朋友的女人？"

"希腊吧，我觉得。"玛尔塔说，"古希腊。"

"我可想不起来古希腊出过这种事。"

"那要不去疯人院试试？伊丽莎白·伍德维尔有痴傻的迹象吗？"

"反正大家没注意到，她当了二十来年的王后。"

"这事根本不是场悲剧，"玛尔塔边说边继续摆弄她的花，"而是场闹剧，明白吧？'是，他是杀了爱德华和小理查，可他真的很迷人哎。而且这个房间朝北，住得我风湿都要犯了。'"

格兰特被逗得直笑，好脾气又回来了。

"你说得对，简直太荒谬了，这不像严肃的历史，倒像讽刺的打油诗。所以历史学家们才让我吃惊。他们在涉及事情可不可能这样发展的问题上向来缺乏判断力。他们看待历史就像在看西洋镜，冷冰冰的背景前头立着扁平的二维角色。"

"可能当你忙着在东拼西凑的资料里刨根问底的时候，根本没有时间去关注人。不是资料里抽象的人，而是有血有肉的、活生生的人，以及他们在那个情境下会有什么反应。"

"如果叫你来演，你会怎么演？"格兰特想起玛尔塔向来擅长分析人物的心理。

"演谁？"

"那个从庇护所出来，跟杀子仇人冰释前嫌，还拿了七百默克年金和参加宫廷宴会权利的女人。"

"演不了。这种女人只会存在于欧里庇得斯的悲剧里，或者失足少女收容所里。她只会成为一个笑话。这么一想，她应该很适合滑稽剧。模仿一下诗体悲剧，像无韵诗那样的。有机会我一定要试试，兴许可以搞个慈善日场之类的。你不讨厌含羞草吧？说来也怪，我认识你这么久，却一点也不了解你的喜好。谁创造的那个和杀子仇人言归于好的女人？"

"没人。伊丽莎白·伍德维尔的确离开了庇护所，也的确接受了理查的年金。而且这钱不是口头说说，是扎扎实实付了的。她的女儿们也去参加了宫廷宴会。她还亲自写信给另一个儿子——和前夫生的儿子——让他从法国回来与理查和解。对此，奥利芬特给出的唯一解释是，要么她害怕被拖出庇护所（你见过有谁被拖出庇护所吗？这样做的人会被逐出教会，而理查可是神圣教会的忠实信徒），要么她厌倦了教堂里的生活。"

"那你对这个离奇走向是怎么想的？"

"最直接的解释是男孩们还活得好好的。当时没有人说他们已经死了。"

玛尔塔琢磨着该怎么摆弄她的含羞草："有可能。我记得你说过那份'褫夺公权法案'里没提到这起谋杀案。我是说理查死后那份。"她的目光从含羞草转向桌上的画像，又转向格兰特，"那你作为一名警察，真的认为——十分严肃地认为孩子们的死和理查无关吗？"

"我很肯定亨利接管伦敦塔时，孩子们还活得好好的。因为如果他们失踪了，他没有任何理由不把这件丑事抖出去。你能想到理由吗？"

"不能，我当然想不到。确实很叫人想不通，我一直想当然地以为这是件大丑闻，肯定是理查被千夫所指的重大罪行之一。看来你和我的'毛绒小羊'研究这段历史研究得挺开心。我当初建议你做点调查来打发时间，缓解针扎般的无聊时，可没想到自己竟会推动历史的改写。这倒提醒我了，阿塔兰忒·舍戈尔德恐怕想毙了你。"

"毙了我？我都没见过她。"

"就算这样，她还是提着枪到处找你呢。她说布伦特这阵子跟瘾君子见了毒品似的扒着大英博物馆不放，拽都拽不走。就算带走了他的人，他的心还是直往那里钻，搞得她像个透明人似的。他甚至不来看《坐碗出海》了。你经常见他吗？"

"你来之前几分钟他还在呢。不过这几天应该不会再有消息了。"

格兰特错了。

临近晚饭时间，门房送来了一封电报。

格兰特拨开信封精致的封口，从里面取出两张电报纸，是布伦特发来的：

见了鬼了我真服了出大事了（句号）记得我说的那本拉丁文编年史吗（句号）克罗兰修道院的修道士写的那本（句号）我刚看了传言出现了就是男孩们死了的传言（句号）这书写于理查死前所以咱们完了对吧尤其是我完得不能再完了我那本妙书也胎死腹中了（句号）你们的河允许所有人往里头跳吗还是只有英国人才可以（句号）

布伦特

门房的声音打破了死寂："复电费用已经付过了，先生。您要回电报吗？"

"什么？哦，不，现在暂时不回，我晚点自己送下去。"

"好的，先生。"门房充满敬意地看着那两张电报说。在他家，一封电报只能写一张纸。这次他离开时没有哼歌。

格兰特认为，如此奢侈的电报风格的确很有大洋彼岸的作风。他又读了一遍。

"克罗兰。"他沉吟道。为什么总感觉有印象？到目前为止，应该还没人在这件事上提过克罗兰，卡拉丹也只说了是本修道院编年史，没说具体是哪里的修道院。

一条新线索的出现一下推翻了以前所有的论证。格兰特已在职业生涯里遇到过太多这样的情况，还不至于感到沮丧。他用对待调查的专业态度来对待这次的状况，将那个打击人的小事实单独拎出来仔细审视。冷静而又镇定，不带一点可怜的卡拉丹那种痛心疾首。

"克罗兰。"他又嘟囔了一句。克罗兰在剑桥郡，还是诺福克？应该是在边境上的那一片平坦土地上。

"小矮人"端着晚餐走进来，将扁平深盘放在格兰特手边不远的地方，方便他拿取。但格兰特并没有注意到她。

"我把晚餐放在这儿，您能够到布丁吗？"她问。格兰特没有回答。于是她又问了一遍："格兰特先生，您能够到这边的布丁吗？"

"伊利！"他冲她喊道。

"什么？"

"伊利……"他朝着天花板咕哝了一声。

"格兰特先生，您是不是哪里不舒服？"

一张仔细施过粉黛的小脸关切地探过来，挡住了熟悉的天花板裂缝。格兰特这才意识到"小矮人"来了。

"没有，我好得很，简直不能再好了。稍等一下，好姑娘，帮我发份电报吧。帮我拿一下便笺本，被米布丁挡着了，我够不着。"

她拿过便笺本和铅笔递给格兰特。后者在复电函上写：

能否找到同一时期在法国流传的类似传言？

格兰特

之后，他胃口大开地吃完晚饭，安顿下来准备睡个好觉。就在快要坠入甜蜜梦乡的时候，他忽然感觉有人正弯腰打量他。他睁开眼睛想看看来人是谁，正好望进了"亚马逊"那双急切的棕色瞳孔。它们在柔和的灯光下显得比往常更大，更像牛眼。她的手里拿着一个黄色信封。

"我拿不定主意。"她说，"我不想打扰您，可又怕这是要紧事。毕竟是电报，哪能说得准呢？今晚若是不给您，那就得耽误整整十二个小时。英厄姆护士已经下班了，布里格斯护士明早十点才上班，我没人可以问。希望我没吵醒您，您应该还没睡着吧？"

格兰特宽慰她做得很对。她重重地松了口气，差点儿把理查的画像吹倒。她就站在一旁看着格兰特读电报，像是随时准备着在他看到坏消息后第一时间给他依靠。在"亚马逊"眼里，电报只会带来坏消息。

电报是卡拉丹发来的。

上面写着：

> 您是说您希望（重复）希望有其他（重复）其他指控（问号）——布伦特。

格兰特拿起复电单写道：

> 是的，最好是在法国。

接着他对"亚马逊"说："麻烦帮我关灯吧。我要一觉睡到明早七点。"

坠入梦乡时他还在想，自己要过多久才能再见到卡拉丹，又有多大的可能性找到自己最想听见的第二个传言。

卡拉丹很快就出现了，而且没有一点要寻死觅活的样子，反而不知为何显得更伟岸了。他的大衣也不再像挂在他身上的东西，变得更像一件衣服了。他开心地对格兰特笑了起来。

"格兰特先生，您可真神了。苏格兰场里还有像您这么特别的人吗？还是说您是特例？"

格兰特难以置信地看着他："别告诉我你真的在法国找到了例证！"

"您不希望我找到吗？"

"希望，但也没抱多少希望，太渺茫了。法国那边的流言是什么形式？编年史？还是信札？"

"都不是。比这更令人惊讶，应该说更令人沮丧。法兰西大法官在图尔①的三级会议②上讲话时提到了这个传言，而且还讲得不少，可谓滔滔不绝。某种程度上，倒是他那雄辩的口才给了我一丝安慰。"

"怎么说？"

"因为在我看来，他那些话更像一个参议员因为急于

---

① 图尔：法国中西部城市。中央大区安德尔－卢瓦尔省的省会。
② 三级会议（States-General）：法国中世纪制度中，法国全国人民的代表应国王的召集而举行的会议。参加者共由三个级别人士组成：第一级为神职人员；第二级为贵族；第三级为除前两个级别以外的其他所有人，即平民。三个等级不分代表多少，各有一票表决权。通常是国家遇到困难时，国王为寻求援助而召集会议，因此会议是不定期的。

反驳某个有损本派利益的主张而草率说出口的话。它不像事实陈述，更像政治策略。您懂我的意思吧？"

"你适合来苏格兰场上班，布伦特。那个大法官是怎么说的？"

"这个嘛，全是用法语写的。我的法语不太好，所以您还是自己看吧。"

卡拉丹说着递过来一张写满稚嫩字迹的纸条。格兰特读道：

> 诸位，看看这个国家吧。看看爱德华国王驾崩后，这个国家都发生了什么。想想他的孩子，长得高大英武，却被肆无忌惮地屠杀。凶手却在民意的偏袒下戴上了王冠。

"'这个国家'。"格兰特说，"接着他又肆意抨击英格兰，甚至暗示两个男孩是在英格兰人民的意愿下被'屠杀'的。他把我们描绘成了野蛮的民族。"

"对，我就是这个意思。这是议员在耍嘴皮子呢。其实就在同一年，大概半年后吧，法兰西摄政就派人去见了理查，所以他们应该知道了流言是假的，因为理查给了法兰西使者安全通行令。如果他们还在骂他是杀人不眨眼的魔头，他应该不会这么做。"

"的确。能告诉我这两则中伤言论都是什么时候出现的吗？"

"当然。我记下来了。克罗兰修道士的记载是在1483年的夏末，他说有传言称男孩们已被处死，但具体情况不详。大法官给理查泼脏水的三级会议则发生在1484年1月。"

"完美。"格兰特说。

"您为什么希望出现第二则流言？"

"算是一种交叉检验吧。你知道克罗兰在哪吗？"

"知道，在沼泽地①。"

"对，在沼泽地，挨着伊利。莫顿逃离白金汉的监禁后就躲在沼泽地里。"

"莫顿！这就难怪了。"

"如果是莫顿在散播谣言，那在他逃到欧洲后，那里肯定会有新一轮爆发。莫顿是1483年秋天逃离英格兰的，紧接着在1484年1月，谣言就冒出来了。顺便一提，克罗兰是个很偏僻的地方，正适合一个逃亡主教在安排好逃亡海外的路径前暂时藏身。"

"莫顿！"卡拉丹咬牙切齿地又念了一遍这个名字，"在这件事上，哪儿有绊子，哪儿就有莫顿。"

"看来你也注意到了。"

"理查加冕前密谋杀他的会议里有他，加冕后的白金汉叛乱里也有他。他就像条鼻涕虫似的逃往大陆，一路还留下黏糊糊的痕迹，里头满满的全是——全是造反！"

"准确地说，鼻涕虫的部分只是推测，在法庭面前站不住脚。但他越过海峡后的行踪可谓明明白白。他全身心地投入了谋反事业中，和一个叫克里斯托弗·厄斯威克的同伙像海狸一样为亨利辛勤奔走，'向英格兰发密信，派密使'，煽动对理查的敌意。"

"是吗？在法庭上站不站得住脚这些问题我不如您

---

① 英格兰东部被诺福克、萨福克、剑桥、林肯等郡包围的一片天然沼泽地区。

懂，但要我说，那条黏糊糊的踪迹是很合理的推断。他应该不会等到出国后才开始搞破坏。"

"确实，当然不会。能不能扳倒理查对莫顿来说可是生死攸关的大事。除非理查倒了，否则他约翰·莫顿就完了，永远翻不了身了。别说往上爬，连已经吃进肚子里的都得全数吐回去。生活来源全被掐断，余生只能当个普普通通的牧师。他，约翰·莫顿，曾与大主教的位子近在咫尺，你叫他如何安于平凡？可如果他能把亨利·都铎扶上王位，那他不仅能当坎特伯雷大主教，还能当红衣主教。是啊，是啊，对他来说，理查倒台可太重要了，能让他不顾一切，豁出命去。"

"哎呀，"布伦特说，"这种造反的事，找他再合适不过了。他肯定已经百无禁忌，散布一个戮童谣言还不是小菜一碟。"

"当然啦，也不排除他自己也信以为真的可能。"格兰特反复斟酌证据的习惯甚至战胜了他对莫顿的厌恶。

"意思是，他本人也相信男孩们被谋杀了？"

"对，有可能他也是听别人说的。当时的英格兰一定到处充斥着兰开斯特党的骗局，部分是恶意中伤，部分是政治鼓吹。他可能只是传播了最新版本。"

"哈！说他是在给未来的造反行动铺路，我也信他干得出来。"布伦特刻薄地说。

格兰特大笑着说："我也信。克罗兰的僧侣还说了什么？"

"还给了我一点安慰。我方寸大乱地给您发了那封电报后就发现他的话也不能全信。他只是把外界的流言蜚语记录下来罢了。举个例子，他说理查在约克举行了第二次加冕礼，这当然不可能。

可既然他能在这种众所周知的大事上出错，那他的记载也就不值得信任了。不过他的确知道《王室头衔法案》的事，还把事件梗概记了下来，包括埃莉诺夫人。"

"有意思，连克罗兰的修道士都听说了爱德华秘密结婚的对象是谁。"

"是的。圣人莫尔肯定是过了好久才编了个伊丽莎白·露西出来。"

"更别提理查为了争夺王位诋毁亲生母亲的事了，简直匪夷所思。"

"什么？"

"圣人莫尔说理查安排了一次布道，声称爱德华和乔治是他母亲跟别人通奸生的儿子，而他理查才是唯一的合法婚生子，因此也是唯一的王位继承人。"

"编也不编个更有说服力的。"年轻的卡拉丹冷冷地说。

"是呀。更别提理查诽谤他母亲的时候，还跟他母亲住在一起呢！"

"是哦，我都忘了，我这脑子不适合当警察。您说莫顿可能就是传谣者的推断很有道理，可万一其他地方也出现了谣言又该怎么说？"

"当然也有可能，但我敢打赌这事没有发生，我不相信孩子们失踪的谣言在当时得到了广泛传播。"

"为什么？"

"我有一个无可辩驳的理由。如果当时真的出现了全国性的骚动，或者任何明显的颠覆性言论或行动，理查一定会立刻采取措施加以遏制。后来有传言说他要娶自己的侄女伊丽莎白，也就是男孩们的姐姐时，他立刻像老鹰一样紧盯不放。他不仅致信各城镇，斩钉截铁地否认了这一传言，并且大发雷霆（而且显然认为这件事非常重要，自己不应该遭到诽谤），把全伦敦有头有脸的人物都召集到他能找到的最大的大厅（这样他就能一次性告知所有人），当众表明了自己对这件事的态度。"

"的确，您说得对。如果谣言传开了，理查肯定会公开否认。毕竟这罪名可比'迎娶亲侄女'可怕多了。"

"是的。其实那个年代是允许和侄女结婚的。现在可能也可以，我不太清楚。我不负责这一块案件。可以肯定的是，既然理查不遗余力地驳斥了结婚谣言，那如果当初真传出了杀侄传闻，他肯定会更加不遗余力地将其扼杀。结论很明显：男孩失踪或遇难的传言在当时并没有大范围传播。"

"只是沼泽地和法兰西的一点小噪声罢了。"

"只是沼泽地和法兰西的一点小噪声罢了。整体来说，没有证据显示男孩们的安危引发了大众的广泛担忧。我的意思是，警方查案的时候通常会去寻找犯罪嫌疑人是否有任何异常行为。X每周四晚上都去看电影，为什么那天晚上忽然不去了？Y每次坐车都买打折往返票，为什么这次忽然没用上返程票？诸如此类。但在理查继位到战死的短短几年里，每个人的表现都很正常。男孩们的母亲离开庇护所，与理查握手言和。女孩们重新过上了宫廷生活。两个男孩似乎重拾了因父亲去世而中断的课业。他们年轻的堂兄弟在议会里有头有脸，至少重要到让约克镇给他们写信。

一切都稀松平常，每个人都过着自己的日常生活。没有任何迹象表明这个家庭刚刚经历了一场极其突兀且毫无必要的谋杀。"

"看来我那本书还是能写出来，格兰特先生。"

"一定要写出来。你不仅要帮理查洗清罪名，还要为伊丽莎白·伍德维尔正名，因为她根本没有为了每年七百默克的年金和特殊待遇而原谅杀子仇人。"

"我既然要写，肯定不可能再让这些事情稀里糊涂的，至少要对孩子们的下落有个说法。"

"我相信你。"

卡拉丹温和的目光从泰晤士河上空的一朵柔软的小云上移开，带着疑问投向格兰特。

"为什么是这种语气？"他问，"听起来像偷吃了奶油的小猫。"

"其实，在等待你再次出现的空虚日子里，我一直在用警察的逻辑思考问题。"

"警察的逻辑？"

"是的，'这么做谁会受益'之类的。通过先前的论证，我们已经知道，孩子死了对理查没有任何好处，所以我们就要去找真正的受益人是谁。这时就该《王室头衔法案》出场了。"

"《王室头衔法案》和谋杀案有什么关系？"

"亨利七世娶了两个男孩的姐姐伊丽莎白。"

"是的。"

"以此换取了约克党对他继承王位的妥协。"

"没错。"

"他废除了《王室头衔法案》，这样伊丽莎白就又成了合法的婚生子女。"

"当然。"

"可这样一来，两个男孩也会自动恢复继承权，并且继承顺位还在伊丽莎白之前。事实上，废除《王室头衔法案》意味着较年长的那个男孩自动成为英格兰国王。"

卡拉丹轻轻咂了咂嘴，藏在角质镜框后的眼睛闪烁着愉快的光芒。

"因此，"格兰特说，"我建议我们按照这个思路继续调查。"

"当然。您想查什么？"

"关于蒂勒尔的供述，我想知道更多信息，但我们的首要任务是弄清相关人员都做了什么。我要知道他们的真实行动，而不是谁听谁说他们做了什么，就像我们调查爱德华意外驾崩后理查的继承问题时那样。"

"可以。您想知道什么？"

"我想知道那些在理查治下活得安稳富足的约克家族继承人后来都怎么样了，我要知道他们每一个人结局。你能帮我吗？"

"当然，这是最基本的。"

"我还想知道更多蒂勒尔的事。"

"我是指他本人的信息，他是谁，做过什么。"

"明白，我来查。"卡拉丹站起身，颇有一股整装待发的架势。有那么一瞬间，格兰特还以为他要扣上大衣纽扣。"格兰特先生，真的很感谢您为我带来这……这……"

"这么好玩的游戏和满盘的乐趣。"

"等您身体好了，我……我……我一定带您去伦敦塔转转。"

"还是坐船去格林尼治吧。我们这些岛民骨子里就对航海有股狂热劲。"

"您大概还要多久才能下床？他们说了吗？"

"等你带着蒂勒尔和那些继承人的消息回来的时候，我应该就能起来了。"

第
十
四
章

卡拉丹再次来访的时候，格兰特没能下床，但是能起身了。

"你无法想象，"他对布伦特说，"在看了那么久的天花板之后，对面的墙壁看起来究竟有多新鲜，头顶上的那个世界又是多么渺小和古怪。"

卡拉丹显然对他的这点小进步感到十分高兴，这让格兰特深受感动。两人闲聊了好一会儿，最后才不得不由格兰特主动切入正题："那么，约克家的继承人在亨利七世时期过得怎么样？"

"哦，对。"男孩和往常一样掏出他那一摞笔记，用右脚尖勾过椅子坐下，"从哪里开始说？"

"先从熟悉的伊丽莎白开始吧。亨利七世娶了她，让她做了一辈子王后，等她去世了又想娶西班牙的疯女胡安娜①。"

"对。她在 1486 年春天——确切地说是 1486 年 1 月，也就是博斯沃思之战的五个月后——嫁给了亨利，然后在 1503 年春天去世。"

"整整十七年。可怜的伊丽莎白。跟亨利那样的人在一块儿，十七年肯定像过了七十年。毕竟有评论委婉地说亨利'不疼爱妻子'②。接着说这家里的其他人。我是说爱德华的孩子们，两个男孩的下落不明，那塞西莉③呢？"

"她嫁给了亨利的老舅舅韦尔斯勋爵④，被送到林肯郡生活。安妮和凯瑟琳那时候还是孩子，到了出闺的年纪后也都嫁给了兰开斯特派的显贵。最小的布里奇特最后在达特福德当了修女。"

"到目前为止都还正常。下一个是谁？乔治的儿子？"

"对，小沃里克。终生被关在伦敦塔，后来因为涉嫌逃跑而被处决。"

"原来如此。那乔治的女儿玛格丽特呢？"

"她成了索尔兹伯里女伯爵，后来被亨利八世捏造罪名处死，显然是场典型的司法谋杀。"

---

① 疯女胡安娜：卡斯蒂利亚的胡安娜（Juana I de Castilla, 1479—1555），阿拉贡国王费尔南多二世和卡斯蒂利亚女王伊莎贝尔一世第二个成活的女儿。亨利七世曾考虑通过再婚来重建与西班牙的联盟关系，但他最终没有再婚。
② 出自弗兰西斯·培根爵士（Sir Francis Bacon）的《亨利七世的治理史》
③ 这里指爱德华四世的第三个女儿约克的塞西莉（1469—1507）。
④ 第一代韦尔斯子爵约翰·韦尔斯（1450—1499）。他是亨利七世的母亲玛格丽特·博福特同母异父的弟弟。

"伊丽莎白^①的儿子呢？后来被理查指定为继承人的那个。"

"约翰·德拉波尔。他去投奔了身在勃艮第的姨妈，直到——"

"投奔理查的姐姐玛格丽特？"

"对。他最后死于西姆内尔^②叛乱。但他还有个弟弟^③，您给我的名单里把他漏掉了，这位后来被亨利八世处死。他和亨利七世签了人身安全保障令后就臣服了。我猜亨利可能是觉得毁约会遭报应，就没把他除掉。不管怎样，他逃过了这次就用尽了气数——亨利八世可不会冒险。他除掉德拉波尔后也没有停手。您那份名单上其实还漏了四个人：埃克塞特^④、萨里^⑤、白金汉^⑥和蒙塔古^⑦。他一个都没留。"

"那理查的儿子呢？约翰，那个私生子。"

"亨利七世给了他二十英镑的年金，但他是这群人里第一个上路的。"

---

① 这里指爱德华四世的妹妹、理查三世的姐姐，萨福克公爵夫人约克的伊丽莎白。

② 西姆内尔：兰伯特·西姆内尔（Lambert Simnel），英国王位觊觎者，自称第十七代沃里克伯爵爱德华·金雀花，威胁到了亨利七世新建立的统治。西姆内尔成为林肯伯爵约翰·德拉波尔组织的约克派叛乱的名义领袖。1487年叛乱被镇压。西姆内尔因年幼而被赦免，此后受雇于王室当仆人。

③ 指约翰·德拉波尔的弟弟埃德蒙·德拉波尔。

④ 埃克塞特：第一代埃克塞特侯爵亨利·考特尼（Henry Courtenay，1498—1538），爱德华四世的第六个女儿约克的凯瑟琳和第一代德文伯爵威廉·考特尼之子。1538年12月被亨利八世以叛国罪处决。

⑤ 萨里：萨里伯爵亨利·霍华德（Henry Howard，1517—1547），第三代诺福克公爵托马斯·霍华德和第二任妻子伊丽莎白·斯塔福德的儿子。英国贵族、政治家和诗人，英国文艺复兴时期诗歌的创始人之一。1547年被亨利八世以叛国罪处死。

⑥ 白金汉：第三代白金汉公爵爱德华·斯塔福德（Edward Stafford，1478—1521），第一代里弗斯伯爵理查德·伍德维尔的女儿凯瑟琳与第二代白金汉公爵亨利·斯塔福德的儿子。1521年5月被亨利八世以叛国罪处决。

⑦ 蒙塔古：第一代蒙塔古男爵亨利·波尔（Henry Pole，1492—1539），克拉伦斯公爵乔治之女索尔兹伯里女伯爵玛格丽特与理查德·波尔爵士之子。1539年被亨利八世以叛国罪处决。

"什么罪名？"

"疑似被邀请前往爱尔兰。"

"开什么玩笑。"

"千真万确。爱尔兰是约克忠党的大本营。约克家族在爱尔兰人缘很好。在亨利眼里，收到爱尔兰的邀请就等于被判了死刑。但我想不出他为什么要和小约翰较那么大的劲。顺便一提，据《契约》[①]说，他是'一个活泼、好性情的男孩'。"

"按血统讲，他的继承权比亨利高。"格兰特刻薄地说，"他是国王的私生子，而亨利是国王的三儿子的私生子的曾外孙。[②]"

一阵沉默。

卡拉丹打破了寂静："您是对的。"

"对什么？"

"您的想法。"

"看起来确实是这样了，是吧？整份继承人名单上就缺那两位下落不明的王子了。"

又是一阵沉默。

---

① 《契约》（*Foedera*）：17 世纪英国诗人、史学家托马斯·赖默（Thomas Rymer，1643—1713）的史学巨作，记录了 1101—1625 年间英国王室与外国之间达成的协议条约。赖默是英国王室史官，并在 1692—1713 年之间担任王室史官总管，能够接触大量官方史料。

② 亨利七世的母亲玛格丽特·博福特的祖父约翰·博福特是兰开斯特家族创始人冈特的约翰与第三任妻子凯瑟琳·斯温福德的长子。但由于约翰出生时，其父母二人还是情人关系，并未结婚，因此是私生子。约翰在父母成婚后被王室合法化并改姓博福特，但条件是该家系不得继承英格兰王位。

"都是司法谋杀，"格兰特接着说，"都是借助法律铲除异己，但你毕竟不能给两个孩子安上杀头大罪。"

"是啊。"卡拉丹应了声，眼睛还是直直地盯着麻雀，"是啊，他得想其他的法子除掉他们。毕竟，他们的威胁才大。"

"是'最大'。"

"该怎么查？"

"和调查理查继承权时一样。找出亨利登基之初，每个人都在哪里、做什么。先查他在位的第一年吧，应该会发现反常的地方，就像当初戛然而止的加冕礼筹备工作。"

"好。"

"你查到蒂勒尔的信息了吗？他是谁？"

"查到了。他和我想的完全不一样，我以为他是个不学无术的纨绔子弟。您是不是也这么觉得？"

"好像确实是。难道不是吗？"

"不是，他还挺能干的。他是吉平的詹姆斯·蒂勒尔爵士。曾是爱德华四世的各种——应该叫'委员会'吧——的成员。他在贝里克围城战①里被封为什么方旗骑士②。他在理查手底下干得不错，但好像没参加博斯沃思战役。不过这也说明不了什么，您知道吗？毕竟在那场战役里，很多人都来得太迟了。总而言之，他并不是我想象中的那种马屁精、狗腿子。"

---

① 这里指 1482 年英格兰入侵苏格兰事件。1482 年 7 月，爱德华四世和时为格洛斯特公爵的理查三世率军入侵苏格兰，攻打并占领特威德河畔贝里克（Berwick-upon-Tweed）及其城堡一事。

② 方旗骑士：英格兰中世纪的一种骑士，可以在自己的私人旗帜下率领部队，旗帜为方形，地位低于男爵。

"有意思。他在亨利七世手底下干得怎么样？"

"这才是真正有意思的地方。作为一个优秀和成功的约克家仆，他在亨利手下可谓'怀才得遇'。亨利任命他为吉讷①司厩长，后来又派他出使罗马，签订《埃塔普勒条约》②时还让他当过谈判专员。亨利在威尔士划了一块地给他，允许他终身拥有那些土地的税收，但却要他拿吉讷郡的等值税收来换。我不懂为什么。"

"我懂。"格兰特说。

"为什么？"

"他所有的头衔和赏赐全都在英格兰之外，你发现了吗？连土地收入都不例外。"

"是的，没错。可这意味着什么？"

"目前还不知道，可能他只是觉得吉讷更适合疗养他的支气管炎吧。历史也是有可能被过度解读的。就像莎士比亚的戏，对历史的解读那叫一个天马行空。蒂勒尔和亨利七世的蜜月期持续了多久？"

"哦，还挺久的。一切都岁月静好，直到1502年。"

"1502年出什么事了？"

"亨利听说他准备帮助一个囚禁在伦敦塔的约克继承人逃往德国③，于是派出加来的全部守军围攻吉讷城堡。

---

① 吉讷（Guisnes）：法国上法兰西大区加来海峡省的一个市镇，属于加来区。

② 《埃塔普勒条约》（Treaty of Etaples）：英国国王亨利七世与法国国王查理八世在1492年订立的停战条约。

③ 詹姆斯·蒂勒尔爵士帮助的对象应该是当时的约克派首领、第三代萨福克公爵埃德蒙·德拉波尔。

可亨利还嫌不够快，于是把掌玺大臣——知道这是个什么官吗？"

格兰特点了点头。

"就是你们英国人想出来给驼鹿慈爱保护会^①的人的称呼——于是把掌玺大臣派过去跟他说，只要他肯登船，他们就给他人身安全保障令和财政大臣的官。"

"行了，不用再说了。"

"结果都不用我说了，是吧？他进了伦敦塔的地牢，并在1503 年 5 月 6 日'未经审讯就极其匆忙地'掉了脑袋。"

"那他是怎么认罪的？"

"不存在的。"

"什么？！"

"别看我，又不是我干的。"

"不是说他承认自己杀了那两个孩子吗？"

"对，很多人这么说。可这都是别人说的，没有——没有文件，您懂吧？"

"你是说，亨利没有公布他的认罪状？"

"对。他的御用史官波利多尔·维吉尔记录了王子被谋害的经过，在蒂勒尔死后。"

"可如果蒂勒尔承认他在理查的唆使下杀害了两个孩子，为什么不以这个罪名起诉他并公开审判？"

"我想不出来。"

"我来理一下。蒂勒尔死前没有传出他招供的事。"

---

① 驼鹿慈爱保护会：简称 BPOE，专注慈善事业和社区服务，采用鹿作为其象征，这里应该是卡拉丹在反讽亨利及其掌玺大臣口蜜腹剑的行为。

"是的。"

"蒂勒尔承认，早在 1483 年，也就是将近二十年前，他从沃里克赶到伦敦，从伦敦塔总管——叫什么来着？"

"布拉肯伯里，罗伯特·布拉肯伯里爵士。"

"对。从罗伯特·布拉肯伯里爵士那里拿了伦敦塔的钥匙，在那儿待了一晚上，杀了两个男孩，交还了钥匙，然后回去跟理查复命。他承认了这些罪行，揭开了一个众说纷纭的谜团，却没有被采取公开措施。"

"对，风平浪静。"

"我都不好意思拿着这套说辞上法庭。"

"要是换成我，我都不敢想，没听过这么假的故事。"

"他们就没把布拉肯伯里找过来问一下他到底交没交钥匙？"

"他死在博斯沃思一役中了。"

"死得还怪贴心的。"格兰特想了想，"其实，如果布拉肯伯里死在了博斯沃思，我们手上反倒多了一个小证据。"

"什么小证据？怎么说？"

"如果事情是真的——我是说，如果他真的服从理查的命令把钥匙交出去了一晚上，那伦敦塔里的很多低级官员肯定会听到风声。既然如此，在亨利接管伦敦塔的时候，很难想象没有一个人把这事抖给了亨利。尤其两个男孩都失踪了，布拉肯伯里死了，理查也死了，亨利肯定会要求下一个总领伦敦塔的官员交出两个男孩。这个时候，如果他交不出来，肯定会告诉亨利："司厩长曾经把钥匙交出去一晚上，之后没人再见过他们。"接着大家肯定会满世界搜捕那个拿了钥匙的人，因为他会成为指控理查的头号证据，要是能把他推出去，对于亨利来说岂不又是一大胜利？"

"不仅如此，蒂勒尔可是伦敦塔的老熟人，不可能不被认出来。当时的伦敦就那么点地方，他肯定是个有头有脸的人物。"

"没错。如果那个说法是真的，蒂勒尔在1485年就会因为谋杀王嗣而被公开审判和处决。他的主子已经死了，没人救得了他。"格兰特伸手去拿烟，"好了，现在的情况是，亨利在1502年处死了蒂勒尔，然后通过他豢养的史官宣布，蒂勒尔承认自己在二十年前谋杀了两位王子。"

"对。"

"而且他从来没有在任何场合解释自己为什么不对蒂勒尔供述的这起暴行进行审判。"

"对，据我所知没有。他跟个螃蟹似的，做事非得往旁边绕一圈，从来不明着来，就算杀人也要扯些别的东西伪装一下，叫它看起来像另外的事情。他等了这么多年找法律上站得住脚的借口掩盖谋杀，满脑子弯弯绕绕，扭得像红酒开瓶器。您知道他登基之后以亨利七世的名义做的第一件事是什么吗？"

"不知道。"

"以叛国罪处死了一批在博斯沃思为理查而战的人。您知道他是怎么让叛国罪成立的吗？他把自己的统治起始时间定在了博斯沃思之战的前一天。他连这么损的招都想得出来，还有什么做不出来的？"他接过格兰特递过来的香烟，"但他没能得逞。"他愉快地补充道，"哎呀，没能得逞。上帝保佑，英国人给他划了界限，叫他学会适可而止。"

"怎么说？"

"他们以英国人的方式彬彬有礼地向他递交了一份议会法案，指明为时任国君尽忠之人不得以叛国罪诉之，也不得以此监禁其人或没收财产。他们还强迫亨利妥协。典型的英国性情，礼貌但不为所动。不会因为看不惯他这点作弊行为而上街大喊大叫或者朝他扔石头，只是客气地送上一份法案，叫他捏着鼻子咽下去。我敢打赌，他肯定把后槽牙都咬碎了。好了，我得走了。真高兴看到您能坐起来了，精神头也好了许多。看来我们很快就能去格林尼治了。格林尼治有什么？"

"一些很精美的建筑，一条蜿蜒漂亮的泥河。"

"就这些？"

"还有几家不错的酒吧。"

"那就不得不去了。"

卡拉丹走后，格兰特躺低一些，一根接一根地抽烟，脑海里转着那些约克家族继承人的故事。他们在理查三世的统治下发光发热，却在亨利七世的统治下走向灭亡。

他们中的有些人可能是"罪有应得"。卡拉丹的报告毕竟只是撷要，体现不出字里行间的那些粉饰、模糊、隐射和委婉。但是，所有威胁到都铎王朝的王位的生命竟都十分善解人意地戛然而止了，这无疑是一个巨大的巧合。

他兴趣寥寥地看着卡拉丹带给他的那本书。书名叫《理查三世的生平与统治》，作者是詹姆斯·盖尔德纳 ①。卡拉丹信誓旦旦地跟他说这位盖尔德纳博士值得一读，说他"很有乐子"。

格兰特乍一眼看不出这书有什么滑稽之处，但写理查的书总好过写其他人的书，所以他便翻看起来，不多久就明白了布伦特为什么会说这位博士"有乐子"。盖尔德纳博士固执地认为理查是个杀人犯，可他诚实、博学、公正，绝不肯隐匿事实，于是盖尔德纳博士花了很大的力气用事实去贴合自己的理论。此场面之翻腾扭转可谓近来最叫格兰特啧啧称奇的"体操表演"。

盖尔德纳博士毫不掩饰地承认理查的智慧、慷慨、勇敢、才能、魅力、声望，以及连敌人也无法否认的诚信。可与此同时，他也描述了理查对母亲的卑鄙诽谤和对两个无助孩子的残忍屠杀。这位可敬的博士认为记载存在即合理，于是郑重地报告了那可怕的记载并全盘接受。在这位博士的描述里，理查生性并不卑劣，但却是个滥杀幼童的畜生。连理查的敌人也相信他的公正，可他却谋害了自己的亲侄子。他的正直令人钦佩，可他却杀人牟利。

不得不说，盖尔德纳作为一名出色的柔术表演艺术家，可谓浑然天成、宛若无骨的奇迹。格兰特如今前所未有地想知道，历史学家们究竟在用大脑的哪一部分思考？终归他们是用了某种凡人不得而知的推理过程，才能得出这样的结论。小说里也好，现实中也罢，格兰特从没在生活中遇到过和盖尔德纳博士笔下的理查或者奥利芬特笔下的伊丽莎白·伍德维尔有丝毫相似的人。

或许劳拉说得对，人们很难改变自己先入为主的观念，总是

① 詹姆斯·盖尔德纳（James Gairdner, 1828—1912）：英国历史学家，专攻早期都铎王朝的历史。主要作品有《玫瑰战争、亨利七世与都铎王朝的兴起》等。

隐隐排斥与憎恶那些企图撼动他们内心认定的事实的东西。因此，当盖尔德纳博士被一只手拖着走向无可辩驳的事实时，他的表现就像一个被吓坏了的孩子。

格兰特很清楚，有许多正直而富有魅力的人曾经杀过人。只是谋杀的性质不同，动机也不一样。盖尔德纳博士在他的《理查三世的生平与历史》中所描绘的那种人只有在个人生活遭受重创、经历巨变时才会犯下谋杀罪。打个比方，假如他忽然发现妻子出轨，或许真的会激情杀人；又比如他发现某个合伙人暗地里捣鬼，毁了他的公司和孩子的前程，或许也会在盛怒之下杀了他。他杀人只会因为情绪过激，绝不会是早有预谋，并且绝不会是为了卑鄙的目的。

没有人能断言，因为理查具备了这样或那样的品质，所以他不可能杀人。但确实可以断言，因为理查具备这些品质，所以他不可能犯下这场谋杀案。

谋杀小王子的举动太过愚蠢，但理查是个有才干的人；这行径卑劣至极，可他是个正直的人；这行为冷酷无情，可他的仁慈却是出了名的。

逐一分析理查所有众所周知的品格，你会发现每一个都在极大程度上站在了这桩谋杀案的对立面；而当它们层层叠加在一起，便会铸成一堵不可逾越的高墙，直直刺破狂想的云端。

第
十
五
章

"您忘了问一个人。"几天后,卡拉丹飘然而至,心情愉悦地说。

"来啦。谁?"

"斯蒂林顿。"

"哦,对!咱们可敬的巴斯主教。《王室头衔法案》见证了理查的正直和亨利他老婆的私生子身份。亨利既然讨厌它,那肯定更讨厌斯蒂林顿。老斯蒂林顿最后怎么样了?也死于司法谋杀?"

"这位老伙计显然不配合。"

"不配合什么?"

"不配合向亨利邀宠,他丢了官。他要么是只滑不溜手的老鸟,要么干净得连圈套都看不到。就我而言,我认为——如果一个研究员也有资格'认为'的话——他应该是纯良得没人能挑衅他，至少没法让他生气到犯下掉脑袋的大罪。"

"你是说，他斗过了亨利？"

"没有。哪有人斗得过亨利呀！亨利给他安了个罪名关起来，然后一不小心就忘了放他出来。他再也没回过家乡，就像那个谁来着？迪伊沙滩上的玛丽①。"

"你今早何止是兴奋，简直是神采奕奕。"

"语气不要那么怀疑。这才哪到哪。我这兴奋可是智慧的迸发，是精神的雀跃，是完完全全的灵光乍现。"

"是吗？那坐下好好说吧。什么好事让你激动成这样？你应该是发现什么好事了吧？"

"'好'这个字都不足以形容，简直是妙极，完美！"

"一大早的，喝了多少啊？"

"滴酒未沾，哪喝得下呀，肚子里装的全是满足，都满到嗓子眼啦。"

"这么说，你是找到那个反常之处了？"

"对，找到了，只是出现得比我们预想的要晚。我是说出现的时间。接着往下说。最开始的几个月里，每个人的行为都很正常。亨利接管了伦敦塔——没提两个孩子的事——把家里收拾干净，又娶了两个孩子的姐姐。他弄了

---

① 出自英国儿童文学作家查尔斯·金斯利创作的诗歌《迪伊沙滩上》(On the Sand of Dee)，诗中描写一个女孩去沙滩上驱赶放养的牛群回家却一去不回的故事。

一帮自己的追随者组成议会，推翻了自己的褫夺公权法案——还是没提两个男孩的事——然后又通过了一项针对理查及其拥趸的褫夺公权法案。怎么弄的呢？就是把自己开始统治的日期定在博斯沃思之战的前一天，这样理查的追随者就妥妥的是欺君谋反啦，多妙啊。这样一番操作下来，大批被没收的财产一下全进了他的口袋。顺便一说，克罗兰的修道士对他强加叛国罪的伎俩极为不齿。'上帝啊，'他说，'若是忠君之人一夕战败不仅有性命之忧，更恐遭抄家夺爵、子孙失庇之祸，此后君王亲征之时，将何以倚仗？'"

"他估计根本没考虑过自己的子民。"

"是啊。可能他料到了英国人迟早要算这笔账，也可能他本来就是外乡人，总之在他的把控下，一切都按部就班地向前发展。1485 年 8 月，他登基继位。次年 1 月，他迎娶伊丽莎白。1486 年 9 月，伊丽莎白在温切斯特生下了他们的第一个孩子。当时她母亲也陪着她，还出席了孩子的洗礼仪式。之后，她——说的是王太后——返回伦敦，然后在 2 月份被关进修道院，余生再没能出来。"

"伊丽莎白·伍德维尔？"格兰特万分诧异地说。他完全没料到事情会是这样的走向。

"是的，伊丽莎白·伍德维尔，两个男孩的母亲。"

"你怎么知道她不是自愿去的？"格兰特想了一会儿，问道，"名门闺秀厌倦宫廷生活，退隐修道院并不稀奇。你知道，对于富家女来说，修道院生活并不艰苦，反而相当舒适。"

"亨利剥夺了她的所有财产，命令她搬进伯蒙德赛的女修道院。顺便一说，这事在当时倒是真的引起了轰动，据说'议论纷纷'呢。"

"在所难免。这事的确蹊跷。他给理由了吗？"

"给了。"

"怎么说的？他为什么要毁了她？"

"因为她给了理查好脸色。"

"你没说笑吧？"

"当然没有。"

"这是官方说法？"

"不，是亨利豢养的那个历史学家的说法。"

"维吉尔？"

"是的。封杀她的议会命令说的是'基于多方面的考量'。"

"这是原文？"格兰特难以置信地问。

"就是原文，它就是这么说的，'基于多方面的考量'。"

格兰特顿了好一会儿，说："他找借口的本事太差了。要是换了我，这会儿已经找出六个更好的理由了。"

"要么是他不在乎，要么是他觉得别人都很好骗。您看，他继位一年半后才开始介意伊丽莎白当初给了理查好脸色。在此之前，一切都按部就班，所有事情都顺滑得跟牛奶似的。他刚继位的时候还赏了她东西呢，庄园之类的。"

"那他到底为什么这么做？你有头绪吗？"

"这个嘛，我倒是找到了一件事，或许能给您一点启发。反正我是受到了天大的启发。"

"说来听听。"

"那年6月……"

"哪年？"

"伊丽莎白结婚那年——1486 年，她 1 月嫁人，9 月在温切斯特生下长子亚瑟，她的母亲也参加了洗礼的那年。"

"好的，我知道了。"

"那年 6 月，詹姆斯·蒂勒尔爵士获得了特赦，具体日期是 6 月 16 日。"

"可这不能代表什么呀，这在易主而事的时候很正常，仅仅意味着别人没法再翻你的旧账来找你的麻烦了。"

"是，这我知道。第一次特赦确实没什么稀罕的。"

"第一次？难道还有第二次？"

"是的，这才是看头。正好在一个月后，在 1486 年 7 月 16 日，詹姆斯爵士获得了第二次特赦。"

"你说得对。"格兰特想了想说，"这确实不一般。"

"总之很不寻常。我在大英博物馆问过坐我旁边的老哥。他是做历史研究的，帮了我很多。他说他以前从没见过这种情况。我给他看了《亨利七世文献》①中的两条记录，他简直着迷了，眼神就像在看情人一样。"

格兰特沉吟道："6 月 16 日，蒂勒尔获得特赦。7 月 16 日，他第二次获得特赦。11 月左右，两个男孩的母亲返回伦敦。次年 2 月，她被终身监禁。"

"是不是很可疑？"

---

① 《亨利七世文献》（James Gairdner）：詹姆斯·盖尔德纳著，是《大不列颠及爱尔兰中世纪时期编年史和文献》（Rerum Britannicarum medii aevi scriptores）中相关史料的汇编合辑。

“非常可疑。”

“您觉得是他干的吗？蒂勒尔。”

“有可能。的确很可疑，不是吗？咱们一直在寻找反常之处，结果最不合理的事情就发生在蒂勒尔身上。孩子们失踪的流言是什么时候传开的？我是指，大家是什么时候开始明目张胆地议论这件事的。”

“好像是在亨利上位初期。”

“这就对了，这就可以解释我们一开始想不明白的那个问题了。”

“什么意思？”

“大家，包括那些认为理查是凶手的人，一直搞不明白为什么孩子失踪当时没有引起骚动。但现在可以解释了。仔细想想，这事若是真的，理查根本就不可能把事情压下去。他在位期间到处都是有权有势的反对派，而且都非常活跃，理查也任由他们散布在全国各地。如果孩子们失踪了，他就得面对伍德维尔和兰开斯特那一大群人。但亨利就不一样了。他一点都不担心乱党干政或是公众妄议，因为反对派全都安安稳稳地在他的监狱里待着呢。唯一能对他产生威胁的就是他岳母。所以，一旦她露出要坏事的苗头，他就把她关进小黑屋里了。”

“是的。而且她可能已经搞了一些事了，对吧？在她发现自己的孩子忽然没了消息的时候。”

“她可能根本不知道孩子们失踪了。亨利可能只是和她说：‘我不想你再见他们了，因为你的影响太坏了。当初你从庇护所出来，竟然还让女儿们去参加那个男人的宫宴！'"

"确实有道理。他不需要等到她真的起疑心，可能一招就把事情解决了，'你是个坏女人，也是个坏母亲。我要把你送进修道院，拯救你的灵魂和孩子，免得他们都被你带坏了'。"

"是的。至于其他英格兰人，他亨利就算是杀了人，他们又能耐他何？见识过他那神乎其技的'叛国罪'指控手法后，没人敢再梗着脖子追问他孩子们的安危。大家都如履薄冰。谁也不知道亨利下一步会有什么奇思妙想，耍个花招把旧账一翻，就把他们下了狱，把他们的财产都收入囊中。这可不是多管闲事的时候，事不关己最好就高高挂起。虽然不管怎么说，他们想满足好奇心其实并不容易。"

"您是说，想弄清楚塔里那两个孩子的情况不容易？"

"我是说，想在到处是亨利的人的塔里弄清那两个孩子的情况不容易。亨利可没有理查那种放任自流的态度，也不用忌讳什么约克、兰开斯特联盟。伦敦塔里应该都是亨利的人。"

"是的。确实如此。您知道亨利是第一位拥有保镖的英格兰国王吗？真想知道他是怎么跟他妻子说她那两个兄弟的事的。"

"是啊，我也很想知道，说不定他直接说了实话。"

"亨利说实话？！绝对不可能！格兰特先生，叫亨利承认二加二等于四都是一种精神折磨。我说过了，他就是只螃蟹，只会拐弯抹角。"

"可如果他是个施虐狂，可能就会肆无忌惮地告诉她呢？她就算想反抗也反抗不了，而且可能压根也不想知道那么多。她刚生了一个英国王位继承人，正准备生第二个。她可能没心思去为弟弟们讨说法，尤其这一讨还可能把自己搭进去。"

"亨利不是施虐狂。"小卡拉丹沮丧地说，哪怕只是否认亨利一个不好的地方，他都不情不愿，"从某种程度上说甚至恰恰相反，他一点也不喜欢谋杀，总是想尽办法粉饰一番，非要给它们披上一层合法的外皮才肯勉强接受。如果您觉得亨利在床上跟伊丽莎白吹嘘他对她弟弟做的事会让他感到兴奋，我觉得您错了。"

"或许吧。"格兰特躺在床上琢磨亨利这个人，"我刚刚想到了适合亨利的形容词。"他微微一顿，很快说道："寒碜。他是个寒碜人。"

"是的，连头发都稀稀拉拉的。"

"我倒不是在说他的长相。"

"我知道。"

"他做什么事都很寒碜。仔细想想，'莫顿之叉'也算史上最寒碜的创收运动了。贪财也就罢了，其他各个方面全都是寒碜样，不是吗？"

"是的。想必盖尔德纳博士能轻轻松松地把他的行为和性格对上号。对了，您和这位博士相处得怎么样？"

"挺有意思的。多亏上帝保佑，否则我们这位好博士怕是要走上犯罪的道路。"

"因为他撒谎？"

"因为他不会撒谎，他为人坦坦荡荡，只是没法从 B 推理到 C 罢了。"

"行吧，我接受。"

"从 A 推理到 B 很简单，连孩子都会。至于从 B 推理到 C，大多数成年人能做到，但也有很多人做不到，大多数罪犯都做不到。我知道现在大家对罪犯的印象是潇洒又可爱，但说出来你可能不信，其实真正的犯人本质上都很蠢，有时候甚至蠢到没边。你要是没亲自见识过，都不敢相信他们竟然那么缺乏推理能力。他们能从 A 推断出 B，但很少能进一步推断出 C。他们会把两个风马牛不相及的东西放在一起，然后得出最匪夷所思的结论。不管你怎么努力，他们就是不明白这两个东西是不可能并存的，就像你没法让一个没品位的人明白拿几块胶合板木条钉在山墙上根本称不上都铎风横梁那样困难。那本书，你开始写了吗？"

"呃，初步写了个开头。我知道自己想怎么写，我是说形式，希望您不要介意。"

"我为什么要介意？"

"我想按照事情发生的顺序写。就是我去找您，然后我们很随意地开始探究理查的事，压根也不知道事情后来会发展成这样。后来我们坚持调查事实，不理会别人的事后转述。我们寻找反常行为，然后顺藤摸瓜找出问题的源头，就像观察水面上冒的气泡就能知道潜水员在它的正下方，诸如此类的事情。"

"我觉得很好啊。"

"真的吗？"

"真的。"

"那就好，我就按这样继续写。我还打算顺便研究一下亨利，就当点缀吧。因为我想把关于他俩的真实记载罗列在一起，这样读者就可以自行对比。您知道星室法庭①是亨利创立的吗？"

"是吗？我不记得了。'莫顿之叉'和星室法庭。典型的不择手段和暴虐专政。你应该一下就能找出该拿它们和什么做比较吧？一边是'莫顿之叉'、星室法庭，一边是确立保释制度、禁止胁迫陪审团，对比鲜明。"

"那些都是理查的议会通过的？天哪，我要看的书好多啊。阿塔兰忒都不理我了。她怪您的精力为什么那么旺盛，说现在的我对一个女孩子来说就像过期的《时尚》杂志。但老实说，格兰特先生，这是我有生以来第一次觉得这么激动人心。'激动人心'的意思是'重要'而不是'兴奋'。阿塔兰忒让我很兴奋。我也只想要她带给我的兴奋，但我们俩都不重要——不是我说的那种重要。您明白我的意思吗？"

"明白，我明白。你找到了值得去做的事。"

"对，我找到了值得去做的事，而且要去做的人是'我'。多棒啊。我！卡拉丹太太的小儿子！我和阿塔兰忒一起来英国的时候什么也不知道，搞研究也只是借口。我走进大英博物馆的时候只是想捣鼓点东西应付老爸，结果走出来的时候肩上扛了份使命。想想都震撼！"他若有所思地注视着格兰特，"格兰特先生，您确定不自己写这本书吗？毕竟，这是件挺有意义的事。"

---

① 星室法庭：15—17 世纪英国的最高司法机构，因设立在威斯敏斯特官内一个屋顶饰有星形装饰的大厅里而得名，是英国史上君主专制最重要的国家机器，逐渐被用作压迫工具，遭受诟病。1641 年 7 月英国内战前夕，由长期议会通过法案予以取缔关闭。

"我绝对不写书。"格兰特斩钉截铁地说，"连《我在苏格兰场的二十年》都不写。"

"什么?！连自传都不写?"

"不写,我想得很清楚,这世上的书已经够多了。"

"可这一本不能不写。"卡拉丹有些伤心地说。

"这个当然。这本一定要写。对了,有件事忘了问你。蒂勒尔被特赦两次后多久被派去的法国?他很可能是在1486年7月转投亨利麾下的。他后来花了多久坐上吉讷城堡司厩长的位置?"

卡拉丹收起他的伤心劲,竭力用那张温顺的毛绒羊羔脸做出恶狠狠的表情。

"我还在想您什么时候会问这个问题呢。"他说,"还想着要是您忘了问,我就在出门的时候顺手丢给您。答案是:几乎马上。"

"这么说,又正巧对上了?我在想,亨利给他这个司厩长的位置,是因为这个职位碰巧出缺呢,还是因为不想让他待在国内,故意把他支到法兰西去。"

"我敢打赌是反过来,是蒂勒尔想离开英国。如果是我不得不待在亨利手下,我肯定想离他越远越好。尤其我还在暗地里帮他干了脏活,他可能巴不得我早点死了,免得夜长梦多呢。"

"确实,你说得有道理。根据我们查到的资料,他不仅去了国外,还一直留在了那里。有意思。"

"还有人和他一样,约翰·戴顿也一直待在国外。我查不到参与谋杀的人到底有哪些。都铎王朝的记载五花八门,这您应该清楚。很多说法差别很大,甚至相互矛盾。亨利豢养的御用史官波利多尔·维吉尔说事情是理查在约克的时候做的。圣人莫尔给的时间早一点，说理查在沃里克的时候就做了。关于涉案人，每个人的说法更是都不一样，我很难一一分辨查实。我不知道威尔·斯莱特①（您比较熟悉的应该是'黑威尔'这个绰号，又一个谐音显恶毒的例子②）是谁，也不知道迈尔斯·福雷斯特③是谁，但那时确实有个叫约翰·戴顿的人。据格拉夫顿④说他在加来生活了很长时间，'备受蔑视与唾骂'，最后凄凄凉凉地死了。瞧瞧，多提倡善恶有报啊。维多利亚时代没有相关记载。"

"既然戴顿穷困潦倒，那他应该没给亨利做过脏活。他是干什么的？"

"如果两个约翰·戴顿是同一个人，那他是个牧师，而且和'穷困潦倒'八竿子打不着。他拿着一份闲差，收入也不错，过得相当舒服。亨利在1487年5月2日给一个叫约翰·戴顿的人在格兰瑟姆附近的富贝克（在林肯郡）安排了教职。"

"不错嘛，"格兰特懒洋洋地说，"1487年，而且他也在国外过得舒舒服服。"

"嗯哼。美妙吧？"

---

① 根据波利多尔·维吉尔的说法，威尔·斯莱特是当时在伦敦塔负责看管两位王子的人，绰号"黑威尔"。

② 斯莱特（Slater）的英文读音与"屠杀"（Slaughter）相近，有些文献也直接写作这个词。

③ 迈尔斯·福雷斯特：记载中是当时看守两位王子的四个侍卫之一，他与马夫戴顿一起掐死了两位王子。但现代也有研究称他当时并非伦敦塔的官员，而是距离伦敦244英里的巴纳德城堡的尚衣处总管。

④ 格拉夫顿：理查德·格拉夫顿（Richard Grafton），16世纪英国编年史家，亨利八世和爱德华六世时代的王室印务官。

"太美妙了。有谁能解释一下，被人蔑视唾骂的戴顿为什么没在祖国被治弑君之罪，送上绞刑架？"

"噢，压根没这种事。都铎时代的历史学家们全都不知道怎么从 B 推理到 C。"

格兰特笑了："学得挺快。"

"那当然。我可不仅是在学历史，还在苏格兰场脚下研究人类心理呢。好了，这次先说到这吧。等我下次过来，如果您的状态好，我就把书的前两章念给您听听。"他顿了顿，接着说，"您介意我在献词里把书献给您吗，格兰特先生？"

"不如献给'卡拉丹三世'吧。"格兰特轻描淡写地说。

但卡拉丹显然不想轻描淡写地带过。

"我不想把献词搞得那么功利。"他说，语气中带着一丝僵硬。

"怎么会功利？"格兰特急忙说，"只是策略罢了。"

"格兰特先生，如果不是您，我根本不会开始做这件事。"卡拉丹站在房间中央郑重而激动地说，皱巴巴的大衣裹着他的身躯，充满美式风情，"我想跟您道谢。"

"那我就恭敬不如从命了。"格兰特低声道。房间中央的庄重身影一听，立刻软了下来，恢复了少年气，尴尬的气氛也随之一扫而空。卡拉丹走时和来时一样高兴，脚步轻盈，看着像比三周前重了三十磅①，胸围也涨了十二英寸。

格兰特拿出卡拉丹今天带来的新信息挂在面前的墙上，目不转睛地望着它。

_____

① 磅：英制质量单位，1磅约 0.45 千克。

这个有着一头鎏金秀发的贤淑美人被迫与世隔绝。

为什么是"鎏金"？格兰特第一次产生了这样的疑问。或许是银鎏金，因为她是如此光彩夺目。可惜如今"金发女郎"这个词已沦落到几乎只剩负面含义了。

她被锁进高墙了结余生。在那里，她不会挡任何人的道。她这一生总是麻烦不断。她与爱德华的婚姻震撼了英格兰。她的存在被动地推进了沃里克的覆灭。她对家人的偏袒给英格兰带来了新的派系，阻碍了理查顺利登基。当她在北安普敦原野上的那场简陋仪式里嫁给爱德华时，博斯沃思的结局便已暗暗注定。但似乎没有人对她怀恨在心，就连"罪大恶极"的理查也原谅了她亲人的恶行。没有人怪罪她——直到亨利来临。

她就这样销声匿迹了，伊丽莎白·伍德维尔，王后的母亲，英格兰的王太后。她是塔中王子们的生母，却在理查三世的统治下活得自由而富足。

很反常，而且反常得很难看，不是吗？

格兰特将思绪从伊丽莎白的个人经历中抽离，转而开始用警察的方式进行思考。该给这个案子收尾了，总结整理一下案情，并井有条地呈现出来。这不仅能帮助那孩子写书，还能整理自己的思路。白纸黑字，一目了然。

他拿起便笺和笔，简洁地写下了第一条记录：

案情简述：1485年前后，两名男孩（威尔士亲王爱德华、约克公爵理查）于伦敦塔失踪。

是将两个嫌疑人的情况并列对比，还是先后呈现？他犹豫了一下，还是决定先写理查比较好。于是，他又简洁地写下一个标题，开始总结：

理查三世

过往记录：

良好。公共服务表现突出，私生活声誉良好。

个人行为特点：理智。

涉案事实：

（a）非受益人。约克家族另存九名王位继承人，其中包括三名男性。

（b）无案发时指控。

（c）受害人的母亲与嫌疑人长期维持友好关系，直至嫌疑人死亡；且受害人的姐妹曾多次参加宫廷宴会。

（d）嫌疑人对于其他约克家族继承人并无忌惮，曾慷慨保障后者生活开销，并确保其宫廷地位。

（e）嫌疑人的王位继承权毫无争议，经过议会法案承认且获得公众认可。两名受害人已被剔除继承序列，对嫌疑人并无威胁。

（f）假设嫌疑人心中仍存忧虑，理当优先铲除继承顺位仅次于嫌疑人本人的小沃里克伯爵，而非两名受害者。但嫌疑人在其亲子亡故后，却公开将小沃里克伯爵立为王储。

亨利七世

过往记录：

冒险家，常年旅居海外宫廷。其母极具野心。私生活不详。无公职、无业。

行为特点：精明。

涉案事实：

（a）嫌疑人想要铲除两名受害人。宣布两名受害人私生子身份的法案一经嫌疑人废除，即意味着年龄较大的男孩成为英格兰国王，年龄较小者成为王储，直接威胁嫌疑人的统治地位。

（b）由嫌疑人呈交议会的剥夺理查公权法案仅按惯例指控后者残暴专权，并未提及两名受害人。显然，两名受害人当时尚未遇害，且下落明确。

（c）嫌疑人继位的十八个月后，两名受害人的母亲被剥夺生活来源并送进女修道院。

（d）嫌疑人一经登基，即刻采取措施控制其他王位继承人，并以负面影响最小的方式将其除去。

（e）嫌疑人并无王位继承权。根据英格兰法律，理查死亡后，英格兰王位应由排在继承序列首位的小沃里克伯爵继承。

写到这里，格兰特猛然意识到，理查原本是有能力将私生子约翰合法化并立为王储的。这种做法并非没有先例，毕竟整个博福特家族（包括亨利的母亲）不仅是私生子的后代，还是双重通奸①的产物。可那个"活泼、好性情"的男孩早已获得理查的公开承认，并且就住在家中，因此没有什么能够阻碍理查将他合法化。按理查的性子，他显然从未动过这个念头，且在悲痛欲绝之时依旧顽强地保持了理智和对家族亲情的重视，指定了哥哥的儿子为自己的继承人。只要侄子还在，一个没有正当出身的儿子不论多么活泼，多么好性情，都不能坐上金雀花的王座。

从塞西莉在丈夫的陪伴下四处旅行，到她的儿子自然而然地认可哥哥乔治的儿子为接班人，整个故事洋溢着浓浓的亲情，令人

---

① 意即父母双方发生关系时均为已婚状态。

感慨万千。

　　格兰特倏然意识到，这样的家庭氛围恰恰证明了理查的无辜。人们眼中那两个被他像掐死小马驹一样夺走生命的男孩可是他哥哥爱德华的儿子，他一定熟悉得不得了。反之，他们对亨利来说却只是两个符号，是他登上王位的绊脚石。他可能从没正眼瞧过他们。即使抛开两人的个性不谈，单凭这一点就几乎可以在两个嫌疑人之间做出判断。

　　看着井然有序的（a）（b）（c），格兰特的思绪顿时清晰了许多。他从未注意到亨利对待《王室头衔法案》的态度究竟多么可疑。若理查的说法真如亨利声称的那样荒谬，那最合理的做法是将《王室头衔法案》当众复述一遍，然后证明它纯属一派胡言。可他却没有这样做，反而不遗余力地抹去人们对它的记忆。那么结论只能是：《王室头衔法案》所赋予理查的王位继承权是无懈可击的。

第十七章

卡拉丹再次出现在病房的那个下午，格兰特从床前到窗前走了一个来回，一脸得意扬扬，惹得"小矮人"忍不住提醒他每个小孩过了一岁半都能做到这件事情。但今天谁也别想给格兰特泼冷水。

"你是不是以为能把我困在这几个月？"他得意地说。

"很高兴看到您恢复得这么快。""小矮人"一本正经地说，顿了顿后补充道，"当然，我们也很高兴能收回您的床位。"

说罢，她顶着一头金色卷发，板板正正地走了出去，踢踢踏踏的脚步声渐行渐远。

格兰特躺在床上，近乎慈爱地打量着自己的小牢房。

当一个七八十公斤的人空虚地躺在床上当了几个星期的废物后终于得以站在窗前，那种快意是踏足两极或登顶珠穆朗玛峰都无法比拟的。至少格兰特这么觉得。

明天他就要回家了，回家被廷克太太宠着。虽然他每天半数时间需要卧床，走路也要借助拐杖，但他起码自由了，不必再受别人的摆布，不必再被"小矮人"麻利地搬来搬去，也不必再受"大块头"慈悲目光的洗礼。

未来一片光明。

威廉斯巡佐已经办完了在埃塞克斯的苦差事，过来看了他一眼。格兰特已经当着他的面释放了一番自己的喜悦之情，如今正翘首以盼玛尔塔的到来，好向她展示一番自己重振的雄风。

"你的历史书读得怎么样了？"威廉斯问。

"好得不得了。我成功证明它们都写错了。"

威廉斯咧嘴笑了起来，说："这会不会犯法？小心惹恼了军情五处，回头给你治个大逆不道或者大不敬的罪名。这年头，世事难料啊。如果是我，肯定夹着尾巴做人。"

"我发誓，这辈子再也不信历史书上写的任何东西了。"

"那可由不得你。"威廉斯极其理性地指出，"你看，维多利亚女王是真的，恺撒大帝应该也入侵过不列颠，还有1066年那事儿。"

"我现在严重怀疑1066年那事的真实性。你搞定埃塞克斯的案子了？说说那个小伙。"

"那小子就是个坏到家的小王八蛋。九岁开始就偷他妈妈的钱，但一直被家里惯着。要是十二岁的时候能狠狠揍一顿打，兴许还能救他一命。如今怕是等不到扁桃花开就得上绞架了。今年春天来得早，白天也变长了。我这两天每天傍晚都在花园里干活呢。你马上又可以呼吸到外面的新鲜空气啦，肯定会高兴的。"

然后他就走了。面色红润，头脑理智，心态平衡，正像个被年轻时挨的揍引上正途的人。

因此，格兰特非常渴望见到其他的外界来客，而他本人也即将再次成为他们中的一员。当熟悉的试探性的敲门声传来时，他非常高兴。

"进来，布伦特！"他快乐地高喊道。

于是布伦特走了进来。

只是像变了个人似的。

没了那种欢腾感，也没了他刚刚获得的那种伟岸感。

他不再是那个先驱者、开拓者。

只是一个瘦弱的男孩裹在空荡荡的大衣里，稚嫩、萎靡、怅然若失。

格兰特忧心地看着他步伐凌乱、无精打采地穿过房间。今天他那个大得像邮差包的口袋里没有塞着笔记。

唉，也好，毕竟这段时间过得挺享受，格兰特默默开导自己，出点问题在所难免。用那种轻松、业余的态度做严肃的研究，还指望以此证明点什么，哪有这么好的事情呢？这就好比让外行人进苏格兰场，指望他解决一个连行家都束手无策的案子，怎么可能呢？所以，他凭什么觉得自己比历史学家还聪明？他不过是想证明自己对理查的面相解读是正确的，想洗刷自己让一个罪犯坐上了法官席的耻辱。但他得学会接受自己的错误，与它和解。或许这是他自找的，或许在内心深处，他对自己看人的眼光有些自鸣得意。

"您好，格兰特先生。"

"你好，布伦特。"

其实男孩受的打击更大。他正处在渴望奇迹的年纪，还会在气球骤然破裂时遭受打击。

"你不开心？"他语气轻快地对男孩说，"哪里出问题了？"

"哪里都出问题了。"

卡拉丹坐在椅子上盯着窗外。

"这些破麻雀没招您烦吗？"他烦躁地问。

"出什么事了？莫非你最后还是发现，王子失踪的消息早在理查死前就满天飞了？"

"唉，比这糟多了。"

"哦，难道还被白纸黑字地记下来了？信件之类的？"

"不，跟那些没关系，比那些严重多了，是更加……更加基本的东西。我不知道该怎么说。"他瞪着叽叽喳喳的麻雀，"这些臭鸟儿！我不能写那本书了，格兰特先生。"

"为什么呢，布伦特？"

"因为它根本不是新闻！大家其实早就知道了！"

"早就知道？知道什么？"

"知道理查根本没杀那两个孩子！他们什么都知道！"

"他们知道?！什么时候？"

"都好几百年了。"

"小伙子，你先冷静一点。这件事发生了也不过四百多年。"

"是，可那又怎么样？大家早几百年就知道理查没杀……"

"你能不能别那么激动，讲点道理？这种……这种正名活动是什么时候开始的？"

"开始？哦，能开始就开始了呗。"

"'能开始'是什么时候？"

"都铎家的人下台，大家可以随便说的时候。"

"意思就是斯图亚特王朝喽？"

"对，应该……应该是。17世纪，一个叫巴克①的人写了篇文章给他平反，18世纪有霍勒斯·沃波尔②，19世纪有个叫马卡姆③的。"

"那20世纪有谁？"

"据我所知还没有。"

"那你来写有什么问题？"

"这不一样，您还不明白吗？它不是重大发现啦！"他把"重

---

① 巴克：乔治·巴克（George Buck, 1560—1622），英国古物学家、历史学家、学者和作家，其主要散文作品《理查三世国王史》为理查三世做了辩护。此外，他还发现并介绍了重要的新历史资料，如《克罗兰编年史》和《王室头衔法案》，为理查三世的登基提供了依据。

② 霍勒斯·沃波尔（Horace Walpole, 1717—1797）：第四代奥福德伯爵，英国艺术史学家、文学家、辉格党政治家，著有哥特小说《奥特兰多城堡》。

③ 马卡姆：克莱门茨·马卡姆（Clements Markham, 1830—1916），英国地理学家、探险家和作家。他于1906年首次出版了理查三世传记《理查三世：生平与品行》。

大发现"四个字咬得格外用力。

格兰特微笑着对他说:"好啦!大发现岂是随随便便就能捡到的。既然当不上先驱,不如掀起一场运动?"

"运动?"

"是呀。"

"为了什么?"

"'托纳潘迪'。"

男孩茫然的脸忽然有了内容,扬起了满满的笑意,仿佛刚刚看了个笑话。

他说:"这名字真的好蠢,对吧?"

"既然三百五十年来,人们一直在说理查没有杀他的侄子,可各种教科书却还是众口一词、斩钉截铁地说他杀了,那在我看来,'托纳潘迪'可是领先了你好大一截。你得做点事喽。"

"可像沃波尔那样的人都没能成功,一个小小的我又能做什么?"

"俗话说得好,水滴石穿。"

"我感觉我现在就是滴有气无力的小水滴,格兰特先生。"

"有一说一,确实,我还没见过你这么妄自菲薄的人。这可不是对抗大众的好心态,因为你原本的挑战就已经够大的了。"

"因为我以前没写过书?"

"不,那根本不重要,而且大多数人写得最好的反而是第一本书，因为那是他们最想写的书。我的意思是，那些离开学校后再没看过历史书的人都会觉得自己有资格对你写的东西说三道四。他们会骂你'洗白'理查。'洗白'这个词里蕴含了'正名'所没有的贬义，所以他们会用'洗白'。有些人会去翻一翻《大英百科全书》，然后就觉得自己有资格再多说两句了。他们不是把你抨击得体无完肤，而是要置你于死地。至于那些正经的历史学家，他们看都不会看你一眼。"

"上帝啊，我非要让他们看到我不可！"卡拉丹说。

"这就对了！有开创帝国的气概了！"

"我们那可不是帝国。"卡拉丹提醒道。

"不，你们是。"格兰特平和地说，"我们两个帝国的唯一区别是，你们是全用经济手段建立的，而我们则是这一点那一点凑起来的。你在发现这不是大新闻以前动笔了吗？"

"动了，写了两章。"

"你把它们怎么样了？没扔掉吧？"

"没有，差一点儿。我差点把它们丢进壁炉里烧了。"

"那怎么没丢？"

"那壁炉用电。"卡拉丹放松地伸直了长腿，哈哈大笑起来，"我感觉好多了，老兄，甚至有点儿等不及想甩点不中听的事实到他们脸上。卡拉丹一世的血在我身上咆哮。"

"听着像发高烧了。"

"他可是伐木工里最冷酷的老东西。从工人做起，最后坐拥一座文艺复兴时期的城堡、两艘游艇和一辆私车。准确地说是火车的私人车厢。窗帘是绿色丝绸，上头还挂着羊绒小球。车里的木工都是定制的，精美到不是亲眼所见，你都不敢信。我们那的人，尤其卡拉丹三世，都觉得卡拉丹家祖传的血性是一代不如一代了。可我现在仿佛卡拉丹一世附体，我能体会那老小子当年想买某片森林却被别人泼冷水时的心情。老兄，我可要撸起袖子大干一场了！"

"那敢情好。"格兰特温和地说，"我可等着你的献词呢。"说着，他从桌上抓起便笺本递过去，"我以警察的角度做了些总结。你写结语的时候可能用得上。"

卡拉丹接过便笺，毕恭毕敬地读了起来。

"撕下来带走吧。我已经写完了。"

"再过一两个星期，您就要忙着查真正的案子，顾不上这个——这个学术案子啦。"卡拉丹略带伤感地说。

"再没什么调查会比这次更有意思了。"格兰特如实说着，侧头瞥了一眼依旧靠在书堆上的画像，"你刚才蔫头耷脑地走进来的时候，我受的打击其实比你想象的严重多了。我以为全都白忙活了呢。"他注视着画像说，"玛尔塔说他有点儿像伟大的洛伦佐。她的朋友詹姆斯说他长得像圣人。我的外科医生说他像有残疾。威廉斯巡佐说他像大法官。但我觉得，也许护士长说的是最贴近真相的。"

"她是怎么说的？"

"她说，他脸上写满了极端的痛苦。"

"是啊。是啊，的确是这样。您难道还怀疑吗？"

"不，我不怀疑。他这一生可谓是苦难连连，无暇喘息。在他生命中的最后两年里，重大的打击更是像山崩海啸一样来得又快又急。本来一切多顺利呀，国家终于步入了正轨，内讧的阴影逐渐淡出人们心头，优秀而稳固的政府维持着和平，繁荣的贸易让一切欣欣向荣。他从米德尔赫姆城堡眺望文斯利代尔的风景时，想必觉得前途一片光明吧。谁知不过区区两年的时间，他就没了妻子，没了儿子，也没了安稳的日子。"

"但他至少躲过了一次痛苦。"

"什么？"

"他不会知道自己的名字被唾骂了几百年。"

"是啊，不然他肯定会伤透了心。其实在我看来，有一点最能证明理查没有预谋篡位，你知道是什么吗？"

"是什么？"

"他听了斯蒂林顿的话后，不得不临时从北方抽调军队。如果他事先知道斯蒂林顿要说什么，或者甚至就是他指使斯蒂林顿撒谎造谣，那他肯定会带着那些军队一起进伦敦。即使不进伦敦，也会安排在周边各郡方便调派。结果他先是火急火燎地派人去约克送信，接着又派人找他的表亲内维尔搬救兵，这说明他也是被斯蒂林顿打了个措手不及。"

"是啊。他来的时候只带了一队绅士，想着要接过摄政权。走到北安普敦的时候得知伍德维尔作乱，但没有失了方寸，而是迅速收拾掉伍德维尔的两千人军队，然后若无其事地继续前往伦敦。这个时候，他以为前方等着他的只有那场加冕仪式罢了。直到斯蒂林顿向议会揭发，他才去调派自己的军队。而且在这个节骨眼上，他还不得不派人千里迢迢赶往北方。所以确实，你说得对，他也被打了个措手不及。"卡拉丹伸出食指扶了扶镜腿，摆出他独特的探究姿势附和道，"其实我也发现了在我看来最能证明凶手是亨利的一点，知道是什么吗？"

"什么？"

"这个谜团。"

"谜团？"

"这种神秘感，这种防人之口的行为，这种偷偷摸摸、遮遮掩掩的做派。"

"你是想说，这符合亨利的性格？"

"不，没那么隐晦。您还不明白吗？理查要是想杀人，压根不需要搞得这么神秘；可亨利要是想坐稳王位，就必须让两个孩子死得不明不白。大家想破脑袋都想不出理查为什么这么偷偷摸摸地下手。太荒唐了。他逃不过的。只要他想在王位上长久地坐下去，迟早要对孩子们无故失踪的事情做出解释。他有的是更简单的办法除掉他们，为什么偏偏选了这么个吃力不讨好的法子？没人想得出合理的解释。他大可以闷死他们，然后直接示于人前，这样全伦敦的人都会过来为两个没来得及发光发热就夭折的孩子抹眼泪。这才是他应该采取的方式。天哪，理查杀他们就是为了阻止别人借他们的名义起兵勤王，那他杀了人后就该尽快公布死讯，叫他们师出无名，这样才杀得有意义呀？如果大家都不知道他们已经死了，那整个计划不就泡汤了？但亨利就不一样了。他只能想个法子偷偷摸摸地杀他们，还必须把事情搞得神神秘秘。他绝不能让外界知道这两个孩子是什么时候死的，怎么死的。因为他要想坐稳王位，全都指着没人知道两个孩子到底出了什么事呢。"

"的确如此，布伦特，你说得太对了。"格兰特微笑着看着"辩护律师"年轻而热切的面庞说，"你真该去苏格兰场上班，卡拉丹先生！"

布伦特笑了。

"我对'托纳潘迪'忠贞不贰。"他说，"我敢说，世上肯定还有很多我们不知道的'托纳潘迪'。我敢打赌，历史书里到处是'托纳潘迪'。"

"对了，别忘了带上你的卡思伯特·奥利芬特爵士。"格兰特从储物柜里拿出那本装帧体面的大部头，"国家应该出个规定，让历史学家们必须先接受心理培训才能写书。"

"得了吧。对人类心理感兴趣的人根本不会去写历史。他会去写小说，当精神科医生、地方法官……"

"或者搞诈骗。"

"或者搞诈骗，或者去算命。一个洞悉人性的人不会热衷于书写历史的，因为历史是玩具兵。"

"哎，这话是不是有点儿过了？历史还是很博大精深的……"

"我不是那个意思。我的意思是，搞历史就像在一个平面上摆弄小物件，仔细想想还有点儿像数学模型。"

"如果是数学，他们就不该把那些闲言碎语扯进来。"格兰特突然恶狠狠地说。他一想起圣人莫尔就来气。他翻了翻卡思伯特爵士那本体面的大部头作为告别。读到最后几页时，他翻页的速度变慢，不多久就停了下来。

"真奇怪，"他说，"他们为什么那么喜欢称赞他作战英勇。

大家都只会照抄前人的说法，从来不会去质疑，但却从不会忘记添上这一笔。"

"那都是他的敌人写的。"卡拉丹提醒道，"起初是敌方作的一首叙事诗。"

"是啊。斯坦利家的人写的，什么'一位骑士进言理查王'，应该就在这前后。"他翻了一两页，找到了那段话，"看来，那位骑士是'好心的威廉·哈林顿爵士'。"

> 无人能挡他们的攻击，斯坦利兵士以一当十。（这不忠不义的小人！）
>
> 他日您定能东山再起，如今万不可久滞于此。
> 一匹骏马已为您备妥，来日您必将注定凯旋。
> 届时您便可重登王座，顶戴冠冕再彰显君威。
> "不，将吾战斧置于吾掌，英格兰王冠高坐吾顶。
> 创造海陆的我主在上，吾生为英王死为英灵。
> 但凡此胸膛尚存一息，吾必不旋身溃逃一寸。"
> 他一言既出必证于行，其身虽死而王魂永存。

"'英格兰王冠高坐吾顶'。"卡拉丹沉吟道，"就是后来在山楂树丛中发现的那顶吧。"

"是啊，估计是有人藏起来准备打完仗回来取的。"

"我一直以为是乔治国王加冕时戴的那种豪华的高帽王冠，但它好像只是一个金环。"

"是的，可以戴在头盔外面。"

"天哪，"卡拉丹突然感慨道，"如果我是亨利，肯定不想戴这顶王冠！肯定很讨厌它！"他沉默了一会儿，接着说："你知道约克在他们的方志里是怎么记载博斯沃思战役的吗？"

"不知道。"

"他们是这么写的：'仁慈治理我等的先王理查可悲地遭到屠戮与谋杀，全城致上深切哀悼。'"

麻雀的叽喳声在寂静中显得格外嘈杂。

最后，格兰特淡淡地说："这讣告不像在描述一个千夫所指的篡位者。"

"是啊。"卡拉丹说，"一点也不像。'全城致上深切哀悼'。"他又缓缓念了一遍，心里咂摸着这句话，"他们真的很在乎这件事，即便新政权的上位已经板上钉钉，他们前途未卜，却还是在方志上白纸黑字地写下了自己的观点，说这是谋杀，而且他们很悲痛。"

"或许他们刚听说国王的尸体遭到了羞辱，心里很悲愤。"

"是啊，谁也不愿意看到一个自己认识并敬仰的人被剥光衣服，像猎物一样挂在马背上晃来晃去。"

"就算是敌人，我也不想看到这样的情景。但以亨利和莫顿为首的那伙人身上根本没有这种感性。"

"哈！莫顿！"布伦特像不小心吃了脏东西一样恶狠狠地吐出这个名字，"相信我，他死的时候没人会'深切哀悼'的。知道编年史家是怎么写他的吗？我是说伦敦那位。他写：'在我们的时代里，无人能在任何事上与他匹敌，尽管他在世时广受本国人民的蔑视与憎恨。'"

格兰特转身看向那幅陪伴他度过那么多日日夜夜的画像。

"知道吗，"他说，"尽管莫顿功成名就，还当了红衣主教，但我依然觉得他输给了理查三世；而理查尽管一败涂地，被千夫所指那么多年，却还是胜过了莫顿，因为他赢得了子民的爱戴。"

"是个很不错的墓志铭。"男孩平静地说。

"是啊，很不错。"格兰特说着，最后一次合上了奥利芬特的著作，"还有什么好奢求的呢？"他把书交还给它的主人，"又有几个人能有如此成就呢？"他说。

卡拉丹走后，格兰特开始收拾桌上的东西，准备明天出院。没读过的流行小说可以捐给医院图书馆，让它们去抚慰其他人的心。但那本印了高山图片的书，他要留下。对了，还有那两本历史书要记得还给"亚马逊"。他把它们找出来，准备在她过来送晚餐的时候还回去。他翻开书，又看了一遍描写理查恶行的故事。自从开始寻找理查的真相后，他就再没有回去读过了。瞧瞧，就在这，白纸黑字地写着那个臭名昭著的故事。没有"也许"，也没有"或者"；没有限定词，也没有一丝怀疑。

就在他打算合上其中的高年级教科书时，目光正好扫过亨利七世时代的开头，于是便读了起来："都铎王朝的君主始终坚持铲除所有王位的潜在觊觎者，具体说来就是当时仍然在世的约克家族继承人。虽然直至亨利八世时代才得以将约克势力斩草除根，但这项政策的执行无疑是成功的、深谋远虑的。"

格兰特紧紧注视着这段直白的叙述，望着它漠然接受这一场肆意的屠杀，冰冷地陈述一个家族遭遇灭门的惨案。

被指杀了两个侄子的理查三世成了恶魔的代名词，可"一以贯之、深谋远虑的策略"覆灭一个家族的亨利七世却成了精明而有远见的君主。他或许不讨人喜欢，但他勤勉且颇有建树，并且政绩斐然呀！

格兰特放弃了。他永远读不懂历史。

历史学家的价值观远远超出了他的知识和理解范畴，他永远无法与之求同存异。他会回到苏格兰场。在那里，杀人犯就是杀人犯，适用于威廉的也同样适用于约翰。

他把两本书整整齐齐地放在一起，在"亚马逊"带着为他准备的肉馅和炖梅干走进来的时候将它们递了过去，并简短地表达了谢意。他的确很感激"亚马逊"。要不是她珍藏着自己的课本，他可能永远不会去了解理查·金雀花。

"亚马逊"对格兰特的和声细气有些不适应，惹得后者不禁反思自己病中是不是太过暴躁，给她留下了自己只会找茬的印象。想想都害臊。

"我们都会想你的。"她的大眼睛里仿佛噙满泪水，"我们都习惯您在这儿了，甚至都习惯他了。"她用手肘指了指画像的方向。

他心中忽然有一个念头。

"能帮我做件事吗？"

"当然，只要我能做的，您尽管说。"

"能不能请你拿着那张图片去窗边光线好的地方仔细看看。不用多久，大概测一次脉搏的时间就够了。可以吗？"

"当然可以，可是为什么呢？"

"这你就别管啦，就当是哄我开心。我帮你计时。"

"亚马逊"拿起画像，走到窗前的阳光下。

格兰特则看着手表的秒针。

过了大概四十五秒，他问："如何？"

"亚马逊"没有应声。于是他又问了一遍："如何？"

"真奇怪，"她说，"仔细一看，这张脸其实挺不错的，不是吗？"